ДОСТОЕВСКИЙ И ЯПОНСКАЯ КУЛЬТУРА

ドストエフスキイと日本文化

漱石・春樹、そして伊坂幸太郎まで

井桁貞義
Sadayoshi Igeta

教育評論社

ドストエフスキイと日本文化◉目次

第三部　現代日本のドストエフスキイ

凡　例

一、本文で引用した聖書は、特に断わりのない限り、日本聖書協会の新共同訳を用いた。

一、引用文中の〈……〉は中略を意味する。

一、引用文中の〔 〕内はすべて引用者（井桁）による補足である。

一、特に断わりのない限り、ロシア語からの翻訳は基本的に著者によるものである。

一、日本の作品の引用では一部かな使いを現代仮名遣いに、旧字を新字に改めた。また原文にあるふりがなのほか適宜ふりがなを付した。

一、ドストエフスキイの表記はこれまで様々である。本文中では「ドストエフスキイ」で統一しているが、引用文中のものは、原文のままの形を採用している。

一、文学作品の引用部には可能な限り本文中にページ数、または章番号を記載した。

序

夏目漱石は明治四十三（一九一〇）年に胃潰瘍から大吐血し、生死のあいだをさまよった。いわゆる修善寺の大患である。漱石は明治四十三年から連載された『思ひ出す事など』の中で、「少しの間死んでいた」自分の体験を、次のようにドストエフスキイの癲癇と重ね合わせている。

ツルゲニエフ以上の芸術家として、有力なる方面の尊敬を新たにしつつあるドストイエフスキーには、人の知る如く、子供の時分から癲癇《てんかん》の発作があった。われ等日本人《じん》は癲癇《てんかん》と聞くと、ただ白い泡《あわ》を連想するに過ぎないが、西洋では古《ふる》くこれを神聖なる疾《やまい》と称えていた。此神聖なる疾《やまい》に冒かされる時、或は其少し前に、ドストイエフスキーは普通の人が大音楽を聞いて始めて到り得るような一種微妙の快感に支配されたそうである。それは自己と外界との円満に調和した境地で、丁度天体の端《はし》から、無限の空間に足を滑《すべ》らして落ちるような心持だとか聞《き》いた。「神聖なる疾《やまい》」に罹《かか》った事《こと》のない余は、不幸にして此年《とし》になるまで、そう云う趣《おもむき》に一瞬間も捕《とら》われた記憶を有《も》たない。ただ大吐血後《だいとけつご》五六日――経《た》つか経《た》たないうちに、時々《ときどき》一種の精神状体に陥った。それからは毎日の様に同じ状体を繰り返した。遂には来《こ》ぬ先《さき》にそれを予期する様になった。そうして自分とは縁の遠いドストイエフスキーの享《（う）》けたと云う不可解の歓喜をひそかに想像して見た。それを想像するか思い出す程に、余の精神状態は尋常を飛び越えていたからである[*1]。

『思ひ出す事など』の次の章には、また自分の体験を、ドストエフスキイが死刑を宣告され、恩赦された体験と重ね合わせて次のように述懐している。

同じドストイエフスキーもまた死《し》の門口《かどぐち》まで引き摺《ず》られながら、辛《かろ》うじて後戻《あともど》りをする事《こと》の出来た幸福な人《ひと》である。けれども彼《かれ》の命《いのち》を危《あや》めにかかった災《わざわい》は、余の場合に於《おけ》るが如き悪辣《あくらつ》な病気ではなかった。彼は人《ひと》の手に作り上げられた法と云う器械の敵となって、どんと心臓を打ち貫《ぬ》かれようとしたのである。

彼《かれ》は彼《かれ》の倶楽部《（クラブ）》で時事を談じた。已《や》むなくんば只一撲《ただいっき》あるのみと叫《さけ》んだ。そうして囚《とら》われた。八ヶ月の長い間《あいだ》薄暗い獄舎の日光に浴《よく》したのち、彼《かれ》は蒼空《あをそら》の下《もと》に引き出されて、新たに刑壇の上《うえ》に立った。彼は自己の宣告を受けるため、二十一度の霜に、襯衣《しゃつ》一枚の裸姿《はだかすがた》となって、申《（もうし）》渡《わたし》の終るのを待った。そうして銃殺に処すの一句を突然として鼓膜に受けた。「本当に殺されるのか」とは、自分の耳を信用しかねた彼が、傍《かたわら》に立つ同囚に問《と》うた言葉である。……白い手《はん》帛《けち》を合図に振った。兵士は覘《ねらい》を定めた銃口を下《した》に伏《ふ》せた。ドストイエフスキーは斯《(か)》くして法律の捏《こ》ね丸《まる》めた熱《あつ》い鉛《なまり》の丸《たま》を呑《の》まずに済《す》んだのである。其代り四年の月日《つきひ》をサイベリヤの野に暮《くら》した。

彼《かれ》の心は生《せい》から死《し》に行き、死《し》から又生《またせい》に戻って、一時間と経《た》ぬうちに三たび鋭どい曲折を描いた。そうして其三段落が三段落ともに、妥協を許《ゆる》さぬ強い角度で連結された。其変化丈でも驚くべき経験である。生《い》きつつあると固く信ずるものが、突然是から五分のうちに死ななければならないと云う時、既に死ぬと極《きま》ってから、猶《(なお)》余る五分の命《いのち》を提《ひっさ》げて、将《まさ》に来るべき死を迎えながら、四分、三分、二分と意識しつつ進む時、更に突き当ると思った死《し》が、忽《(たちま)》ちとんぼ返《かえ》りを打って、新たに生と名づけられる時、——余の如き神経質《しつ》では此の三象面《フェーゼス》の一《ひと》つにすら堪え得まいと思う。現にドストイエフスキーと運命を同じくした同囚の一人は、是《これ》がためにその場で気が狂って仕舞った。

夫《それ》にも拘はらず、回復期に向った余は、病牀の上《うえ》に寝《ね》ながら、屢《(しばし)》ばドストイエフスキーの事《こと》を考えた。ことに彼《かれ》が死の宣告から蘇《よみが》えった最後の一幕を眼《め》に浮べた。——寒い空《そら》、新らしい刑壇、刑壇の上に立つ彼の姿《すがた》、襯衣《しゃつ》一枚の儘顫《(ふる)》えている彼の姿、——悉《(ことごと)》く鮮《あざ》やかな想像の鏡に映《うつ》った。独り彼が死刑を免かれたと自覚し得た咄嗟の表情が、何《ど》うしても判然《はっきり》映《うつ》らなかった。しかも余はただこの咄嗟の表情が見たい許《ばかり》に、凡ての画面を組み立てて居《い》たのである。

余は自然の手に罹《(かか)》って死のうとした。現に少しの間《あいだ》死《し》んでいた。後《あと》から当時の記憶を呼《よ》び起した上、猶《(なお)》所々《ところどころ》の穴《あな》へ、妻《さい》から聞いた顛末を埋《う》めて、始めて全く出来上る構図を振り返って見ると、所謂《(いわゆる)》慄然《りつぜん》と云う感じに打たれなければ已《(や)》まなかった。其恐ろしさに比例して、九仞《(きゅうじん)》に失った命《いのち》を一簣《(いっき)》に取り留《と》める嬉《うれ》しさは又特別であった。此死《このし》此生《このせい》に伴う恐ろしさと嬉しさが紙の裏表《うらおもて》の如く重《かさ》なったため、余は連想上常にドストイエフスキーを思い出したのである。

「もし最後の一節を欠《か》いたなら、余は決して正気ではいられなかったろう」と彼《かれ》自身が物語っている。気が狂うほどの緊張を幸いに受けずと済んだ余には、彼《かれ》の恐ろしさ嬉しさの程度を料《はか》り得ぬと云う方が寧《(むし)》ろ適当かも知れぬ。夫であればこそ、画竜点睛とも云うべき肝心の刹那の表情が、何《ど》う想像しても漠として眼の前に描《えが》き出せないのだろう。運命の擒《(きん)》縦《しょう》を感ずる点に於て、ドストイエフスキーと余とは、殆んど詩と散文ほどの相違がある。

　夫《それ》にも拘《(かか)》わらず、余は屢《(しばし)》ばドストイエフスキーを想像して已まなかった。そうして寒い空と、新らしい刑壇と、刑壇の上に立つ彼の姿《すがた》と、襯衣《しゃつ》一枚で顫《ふる》えている彼の姿とを、根気よく描《えが》き去り描き来って已まなかった。

　今は此想像の鏡も何時《いつ》となく曇って来《き》た。同時に、生き返ったわが嬉しさが日に日にわれを遠ざかって行く。あの嬉しさが始終わが傍《かたわら》にあるならば、――ドストイエフスキーは自己の幸福に対して、生涯感謝する事を忘れぬ人であった。*2

この仕組まれた死刑劇の体験について、ドストエフスキイは『白痴』冒頭でムィシキン公爵の話として挿入しているのだが、漱石は大正四年の「日記」十六の中で、「"Idiot" ノ中ニ Prince Myshkin ガ general ノ妻君ト娘ニ話ヲスル中ニ Dostoievsky 自身ノ経歴ノ如キ者ヲ挿話トシテ述ベタ条ニ曰ク」としてガーネット訳の英文の該当する箇所を長く書き写している。[*3]

日本の表現者たちがドストエフスキイをどのように読んできたかを探ろうとする本書にとって、漱石のような初期における出会いは特に意味深いもののように思われる。

その後も、現代にいたるまで、積み重ねられてきたドストエフスキイ読みは、また、日本の精神の生と死の危機において、そしてそれは多様な意味における危機なのであるが、読まれ、新たな作品を生み出していった。

日本はなぜそのようにドストエフスキイを繰り返し翻訳、出版し、読んできたのか? 一九七七年、コペンハーゲンでの第三回国際ドストエフスキイ・シンポジウムで著者が初めて日本でのドストエフスキイの読まれ方を紹介して以後、世界に広まった情報を受けて、外国の研究者から幾度もこのように尋ねられてきた。[*4]

世界の文学の一大不思議とも言うべきこの現象については、本書の末尾でようやく見通しを語る準備が整ったと感じているのだが、この現象は結果としてそこに置かれているものではない。本書に述べるように、日本の無数の読者と、表現者たちは、自己の問題として、また社会の問題として、問題を展開するにあたって、ドストエフスキイとの対話を繰り返してきた。その長い道程が、この世界的な謎を形成することになったのだ。

最初に本書の構成について述べておこう。本書は大きく三つの部分から成っている。ドストエフスキイとの最初の出会いとも言うべき黎明期に、すでに以後の問題の多くが提出されている。次に本格的なドストエフスキイの時代とも言うべき、第二次世界大戦直後の時代について詳細に、またそこからの出発点とも言うべき黒澤明監督の『白痴』との苦闘の跡を見てゆく。そしてそれに続く現代までの読みの変化を、時代の問題と重ね合わせる。そして最後に、巨視的な観点から、ドストエフスキイというテーマの、世界全体の精神上の意義について述べることにしよう。

注

＊1　夏目漱石『思ひ出す事など』第二十章（「東京朝日新聞」明治四十四年一月五日）『漱石全集』第十二巻（岩波書店、一九九四年）四一五〜四一六ページ。

＊2　同書、第二十一章（「東京朝日新聞」明治四十四年一月十日）四一八〜四二〇ページ。

＊3　大正四年「日記」十六（十一月十二日）、同全集、第二十巻（一九九六年）、四九四〜四九六ページ。

＊4　「ところで私は発表の前に日本の『ドストエーフスキイの会』の名前でこの国際シンポジウムの参加者へのメッセージを伝えてから、簡単に日本でのドストエーフスキイの受容の歴史をレポートし、翻訳全集が十一回発刊されてきていることを述べた。この事実は人々に大きな驚きを呼び、それは後に『ルースカヤ・ムイスリ』および『ノーヴォエ・ルースコエ・スローヴォ』の記事の中にも言及される

ことになったが、こうした日本での読まれ方はどのような理由によるのか、と多くの人々から尋ねられたのである。」井桁貞義「第三回国際ドストエフスキイ・シンポジウム報告」『えうゐ』第六号（一九七八年）一一六ページ。

第一部　黎明期

第一章　漱石とドストエフスキイ——瞬間と他者の詩学

I　近代西欧の魅力と〈終末〉

ドストエフスキイと漱石。なぜこのような問いかけが可能なのだろうか。それは、二人の文学的世界、その表現の方法、詩学に何らかの共通点をうかがうことができるからなのであろう。

現在のところ最も詳しい年譜によれば、ドストエフスキイは四十一歳の時、初めて西欧を旅行している。一八六二年六月三十日頃にパリからロンドンに移り、七月八日にはパリに戻る。正味八日ほどのロンドン滞在であった。[*1] 漱石のロンドン到着に先立つこと約四十年である。（この間、ロンドン最初の地下鉄が一八六三年に走り始める。）

ドストエフスキイはこの時、二ヶ月半の間に駆け足で西欧各地を訪れた。旅行の印象をまとめ、『冬に書かれた夏の印象』として発表したのはようやく次の年の二月、三月のことである。この旅行記あるいはルポルタージュの特色として挙げられるのは、初めて西欧の諸都市を訪れたドストエフスキイが、そこに奇妙な〈終末の光景〉を見出したところにある。『冬に書かれた夏の印象』第五章は「バアル」と名づけられ、人々は現状に止まることに絶望し、信じてもいない未来を呪って、バアル神*2に跪《ひざまず》いている、とする。ロンドンの毒されたテームズ河、石炭の煤煙に汚染された空気、ホワイトチャペルのような恐るべき街角に触れながら、これはもはや黙示録に描かれた世界ではないか、と述べる。

地球のあらゆる場所からここへおとなしく流れ込んで来るこれら何十万、何百万という人々、ただ一つの考えをもってこの巨大な宮殿で静かに、強情に、また押し黙ってひしめいている人々をご覧になれば、あなたがたは最終的な何ごとかが成就し、かつ終わったのだ、と感じるだろう。これは何か聖書的な光景であり、何かバビロンに関するものであり、『黙示録』の何らかの予言が目のあたりに成就していく姿である。*3

ドストエフスキイが人間の歴史を黙示録と並行的に見ていたということは、彼の持っていた聖書への書き込みから知られる。私の調査では『ヨハネの黙示録』第十三章十一節の「もう一匹の獣」のところに「社会主義」と、第十七章九節「バビロンの大淫婦」の描写の横に「文明化」と、同章十一節の「第八の者はやがて滅びる」の横に「全人」と書き込まれていることを確認している。*4

さらに少し先でドストエフスキイはロンドンのヘイマーケット（干草市場）の無数の娼婦たちの姿を描写する。ここから問題は、『罪と罰』のセンナヤ（干草）広場の娼婦ソーニャへとまっすぐにつながっているだろう。

よく知られているように漱石は明治三十三（一九〇〇）年十月十日、イギリスへ向うプロイセン号船上でノット夫人から聖書を贈られている。また同号には多数のイギリス人宣教師が乗り、布教活動を行っていた。さらに三十四年四月十七日のロンドンでの日記に「是カラゴスペルヲ読ムンダ」との記述も残されている。

明治三十三年十月二十三日の日記に「巴里の繁華ト堕落ハ驚クベキモノナリ」と書き、三十四年一月四日には「倫敦ノ町ヲ散歩シテ試ミニ痰ヲ吐キテ見ヨ真黒ナル塊リノ出ルニ驚クベシ何百万ノ市民ハ此煤烟ト此塵埃ヲ吸収シテ毎日彼等ノ肺臓ヲ染メツツアルナリ」と書いた漱石は、これら近代の大都市パリ、ロンドンに〈終末〉の光景を見ただろうか。漱石所蔵の聖書の黙示録にはどのような書き込みがあるのであろうか。*5

ドストエフスキイと漱石は同じ「他者」の「時間（歴史）」を見ている。十九世紀後半、二十世紀初頭のパリ、ロンドンの物質文明である。ドストエフスキイは聖書という〈終末観〉の枠組みを持っていた。ここには両者の懸隔があるかもしれない。しかし、ともに近代西欧をモデルとする変革の中で、自分の国の文化を脅かすことになるであろう文明化され、物質文明を追うパリ、ロンドンを眼前にしながら、*6 ドストエフスキイはロシア正教という精神文化へ、漱石は東洋の精神文化へと、自己の文化の根源に視線を投げた。〈自己〉の言葉と異質な〈他者〉の言葉との〈対話〉、文化の〈多声化〉が始まるのだ。

Ⅱ　危機と生の転換

二十世紀ロシアの批評家ミハイル・バフチンの一九三〇年代の著作に『小説における時間と時空間の諸形式』という論考がある。ここでバフチンは、文学が芸術化してみずからのものとしてきた時間的関係と空間的関係との本質的な相互関連を「クロノトポス（時空間）」と呼んでいる。

文学における時空間の場合、空間的特徴と時間的特徴とは、意味を付与された具体的な全体のなかで融合する。時間は、凝縮されて密になり、芸術化され可視的になる。空間も、集約されて、時間・話の筋・歴史の展開のなかに引き込まれる。時間的特徴が、空間のなかでみずからを開示し、空間は時間によって意味づけられ計測される。文学における時空間を特徴づけるのは、両種の系列のこうした交差、双方の特徴のこうした融合である。*7

ここからバフチンはギリシア小説やローマの自伝、騎士道小説、ラブレーの空間などを分析していくのだが、近代の小説としてはスタンダールやバルザックの小説のうちに〈客間・サロン〉を見、フローベールでは〈田舎町〉を挙げる。さらにバフチンは情動的価値の極度な緊迫感につらぬかれた時空間として〈敷居〉を挙げている。敷居は危機と生の転換の時空間である。

たとえばドストエフスキーの場合、敷居とそれに近接した階段・玄関・廊下の時空間、さらにまたそれらを延長した街路と広場の時空間は、その作品の主要な活動の場である。一人の人間の全生涯を決定する、危機・転落・復活・再生・洞察・決断といった出来事が生起する場所である。この時空間における時間は、本質的に、あたかも長さをもたず、伝記的時間の通常の流れから脱落したかのような、瞬間である。*8

ドストエフスキイの作品世界に対するこのバフチンの観察は確かなものと言えるだろう。『罪と罰』の冒頭でラスコーリニコフは階段を下りて殺人の下見にでかけ、殺人の後、橋の上に立ちつくす。マルメラードフの死の瞬間にソーニャが入り口に姿を現す。

ここで想起されるのは漱石の『心』の〈襖〉ではないだろうか。

「然し私がいつもの通《とお》りKの室《へや》を抜《ぬ》けようとして、襖《ふすま》を開《あ》けると、其所《そこ》に二人《ふたり》はちゃんと坐《すわ》っていました。*9」（八十）

「すると居《い》ないと思っていたKの声《こえ》がひょいと聞《き》こえました。同時に御嬢さんの笑い声が私の耳《みみ》に響《ひび》きました。私は何時《いつ》ものように手数《てかず》のかかる靴《くつ》を穿《は》いていないから、すぐ玄関に上《あ》がって仕切《しきり》の襖《ふすま》を開《あ》けました。」（八十六）

「十時頃になって、Kは不意に仕切《しきり》の襖《ふすま》を開《あ》けて私と顔を見合せました。彼は敷居《しきゐ》の上《うえ》に立った儘《まま》、私に何《なに》を考えてゐると聞《き》きました。」（八十九）

「然し突然私の名を呼ぶ声《こえ》で眼《め》を覚《さ》ましました。見ると、間《あいだ》の襖《ふすま》が二尺ばかり開《あ》いて、其所《そこ》にKの黒い影《かげ》が立《た》っています。」（九十七）

「見ると、何時《いつ》も立《た》て切《き》ってあるKと私の室《へや》との仕切の襖《ふすま》が、此間《このあいだ》の晩と同じ位開《あ》いています。」「そうして振《ふ》り返《かえ》って、襖《ふすま》に迸《ほと》ばしっている血潮を始めて見《み》たのです。」（百二）

このように『心』では〈襖のクロノトポス〉というべきものが重要な役割を演じている。バフチンによれば「時空間」は「話の筋を造形する意義を持つ」という。また「われわれが検討してきた時空間は、ジャンルにかかわる類型性をもつ」とされる。*10〈敷居〉あるいは〈襖〉のクロノトポスは、欧米の、日本の、またアジア諸国の小説の中に、どのような広がりをもって息づいているのであろうか。

Ⅲ　既存の形式の破壊

この〈敷居〉のクロノトポス論は、バフチンの『ドストエフスキーの詩学』では次のような形で展開されている。

ドストエフスキーはゲーテとはまったく反対に、様々な段階を成長過程として並べるのではなく、それらを**同時性**の相で捉えたうえで、劇的に**対置し対決**させようとする。彼にとって世界を探求することは、世界の構成要素すべてを同時存在するものとして考察し、**一瞬の時間断面におけるそれらの相関関係を洞察する**ことを意味したのである。*11

漱石の作品には、ドストエフスキイを直接に名指した箇所がある。『明暗』である。

「露西亜の小説、ことにドストエフスキの小説を読《よ》んだものは必ず知ってる筈だ。如何《いか》に人間《にんげん》が下賎であろうとも、又如何《いか》に無教育であろうとも、時《とき》としてその人《ひと》の口《くち》から、涙がこぼれる程有難い、そうして少しも取《と》り繕《つくろ》はない、至純至精の感情が、泉のように湧き出して来《く》る事《こと》を誰《だれ》でも知ってる筈だ。君はあれを虚偽と思うか」（三十五）

こう語る「小林」という人物像は、これまで『罪と罰』のマルメラードフを思わせる、と複数の評者に指摘されてきた。彼の赤貧、また自己卑下は確かに十九世紀のペテルブルグの呑んだくれの下級役人を想起させる。同時に主人公を脅かす機能としては同じく『罪と罰』のスヴィドリガイロフをも思わせるのではないだろうか。しかし、『明暗』とドストエフスキイの共通点はこうした人物造形のレベルにあるばかりではない。

バフチンによれば、ドストエフスキイは、自分の時代の対話を聞き取る天才的能力を備えていた。

自分の時代を巨大な対話として聞き、時代の中の一つ一つの声を捉えるばかりではなく、まさに声たちの間の**対話的な関係**、その対話的**相互作用**そのものを捉える能力に秀でていた。[*12]

バフチンは、「ドストエフスキーはポリフォニー小説の創造者である。彼は本質的に新しい小説ジャンルを作り出したのだ」という。[*13] 彼の芸術的な課題は「既存のヨーロッパ的な形式、つまり本質的にモノローグ的（単旋律的）な小説を破壊することだったのである。」[*14]「彼（ドストエフスキー）はイデエを対話的に交錯し合う複数の意識の境界線上に置いた。彼は現実においてはまったく疎遠で、互いに無関心なイデエや世界観を一箇所にまとめ、論争させた。彼はいわば互いに離れてあるイデエを点線で延長し、それらが対話的に交わる点にまで導いたのだ。[*15]」

ポリフォニー小説にあっては作者の声の伝声管のような特権的な人物はいない。「事実、思想家ドストエフスキーのイデエは、彼のポリフォニー小説の中に入り込むと、その存在形態そのものを変えて、芸術的なイデエの像へと変化してしまう。それらは（ソーニャ、ムィシキン、ゾシマといった）人物の形象と分かちがたく結びつき、自らの閉鎖性、完結性から解放され、そっくり対話化されて、その他のイデエ（ラスコーリニコフ、イワン・カラマーゾフ他のイデエ）の像と**まったく対等の権利を持って、**小説の大きな対話の中に入ってゆく。モノローグ小説の作者のイデエのような総括的機能をそれらに帰すことは、まったく許しがたいことだ。*16」

そうした事態は漱石の『明暗』においても起こっているように見える。

柄谷行人は既に次のように指摘している。

『明暗』において漱石の新しい境地があるとしたら、それは「則天去私」というような観念ではなく、彼の表現のレベルにおいてのみ存在している。この変化は、たぶんドストエフスキーの影響によるといえるだろう。*17

彼らの饒舌、激情、急激な反転は、そのような〝他者〟に対する緊張関係から生じている。いいかえれば、漱石は、どの人物をも、中心的・超越的な立場に立たせず、彼らにとって思いどおりにならず見とおすこともできないような〝他者〟に対する緊張関係においてとらえたのである。

『明暗』がドストエフスキー的だとしたら、まさにこの意味においてであり、それが平凡な家庭的事件を描いたこの作品に切迫感を与えている。*18

われわれにとって重要なのは、書かれていない結末ではなく、どの人物も〝他者〟との緊張関係におかれ、そこからの脱出を激しく欲しながらそのことでかえってそこに巻きこまれてしまわざるをえないような多声的《ポリフォニック》な世界を、『明暗』が実現していることである。それは、一つの視点＝主題によって〝完結〟されてしまうことのない世界である。[*19]

そのとおりであろう。漱石の「露西亜の小説を読んで自分と同じ事が書いてあるのに驚ろく。」というメモも、むしろこうした詩学のレベルの反応ではないかと私は考えている。

バフチンはさらに言う。「ドストエフスキーの小説をモノローグ的に捉えるのではなく、新しい作者の立場の地点にまでのぼって味わうことのできる**本物の**読者はみな、この独特な自己の意識の**積極的拡大**の感覚を味わう。」それは「何よりもまず完全な権利を持った他者たちの意識とのかつて経験したことのないような対話的交流を、そして完結することのない人間の深奥部への積極的な対話的浸透を経験するという意味においてなのである。[*20]」

こうしてポリフォニー小説において読者は、モノローグ小説に対するとは異なる態度を求められる。私たちは同じように漱石の小説に巻き込まれ、そこで行われる完結することのない対話に、読者として参加していくことになるのであろう。

ところで、「既存のヨーロッパのモノローグ小説」に対して、ロシアと日本にポリフォニー小説が成立したことの背景には何があるのだろうか。あるいはそこに、歴史性をうかがい、文明論的な背景を読み取ることは可能だろうか。とりわけ近代以降の非西欧の文学において、西欧近代との衝突の中で「他者」との切迫した対話性が生まれ（対話性そのものがキリスト教的なものでもあろうが）、自己のイデエを諸イデエとの対話の中に置きなおすという戦略が先鋭化していった、というふうに考えられないであろうか。[*21]

注

*1　『ドストエフスキイの生活と創作の年代記』（サンクト・ペテルブルグ、アカデミープロジェクト、一九九三年、ロシア語）漱石が生まれた一八六七年にはドストエフスキイの『罪と罰』単行本が出版され、一八六八年には『白痴』の連載が始まる。

*2　『ドストエフスキイ三十巻全集』第五巻（サンクト・ペテルブルグ、ナウカ、一九七三年、ロシア語）の注（三六八ページ）には「バアルとは古代シリアのセム族にあっては天空、太陽、豊饒の神であり、崇拝は放恣な淫行の形式をとり、人々の生贄を要求した。ここでは転義として、拝金主義、金もうけの神の意味として使われている」とある。たとえば『旧約聖書』ではエレミヤ書第十九章五節などを参照。

*3　同書、七十ページ。

*4　井桁貞義『ドストエフスキイ』（清水書院、一九八九年）一〇六〜一〇七ページを参照。また芦川進

一は以後のドストエフスキイの作品群の根底にはこのような黙示録的・終末論的・預言者的な思考がある、と指摘している。『『罪と罰』における復活　ドストエフスキイと聖書』（河合文化教育研究所、二〇〇七年）。なお、芦川のこの本ではドストエフスキイと漱石の『倫敦日記』の比較の可能性が示唆されている。

*5　東北大学所蔵の漱石文庫には英文の旧新約聖書が残されている。また漱石の日本語訳旧新約聖書は東京から仙台に送られることなく行方知れずになっている。なお高木文雄に「漱石と聖書」という研究がある（高木文雄『漱石の道程』審美社、一九六六年所収）。この点に関しては仁平道明氏のご教示をいただいた。

*6　ロシアの農奴解放は一八六一年。以後ドストエフスキイの登場人物はイデオローグに変貌していく。漱石「現代日本の開化」を参照。

*7　ミハイル・バフチン「小説における時間と時空間の諸形式——歴史詩学概説」（北岡誠司訳、『ミハイル・バフチン全著作　第五巻』水声社、二〇〇一年所収、ロシア語版完成は一九七三年）一四四ページ。

*8　同書、三九六ページ。

*9　以下、漱石作品の引用は『漱石全集』（岩波書店、一九九三年〜）、第九巻（『心』）、第十一巻（『明暗』）より。引用部の章番号を記す。

*10　前掲『ミハイル・バフチン全著作』三九七〜三九八ページ。

*11　M.Бахтин Проблемы поэтики Достоевского.M.:Советский писатель,1963.　以下、日本の読者に入手可能な「ちくま学芸文庫」版の訳により、ページ数を示す。ミハイル・バフチン『ドストエフスキーの詩学』（望月哲男、鈴木淳一訳、ちくま学芸文庫、一九九五年、ロシア語版第二版完成は一九六三年）五七ページ。強調は原著。以下同じ。なお、同書をもとに清新なドストエフスキイ読みがされた。山城むつみ『ドストエフスキー』（講談社、二〇一〇年）を参照。

＊12　同書、一八四ページ。
＊13　同書、一六ページ。
＊14　同書、一八ページ。本書ではこのようにバフチンの『詩学』を文明論的な視点から「異質な他者への困難な洞察（プロニクノーヴェーニエ）」という文脈で捉えようとしている。
＊15　同書、一八六〜一八七ページ。
＊16　同書、一八八ページ。
＊17　柄谷行人「『明暗』」一九八五年（『漱石論集成』第三文明社、一九九二年所収）二九四ページ。
＊18　同書、二九五ページ。
＊19　同書、二九七ページ。また佐藤泰正も『明暗』の方法、文体に「ドストエフスキイの影」を見ている（佐藤泰正『夏目漱石論』筑摩書房、一九八六年、四〇二ページ）。
＊20　前掲『ドストエフスキーの詩学』一四一ページ。
＊21　本書末で触れるオルハン・パムクも自作をポリフォニックな構成であると言う。

第二章 『レ・ミゼラブル』『罪と罰』『破戒』

I 同一性の認識

ロシアにおける『罪と罰』と『レ・ミゼラブル』の比較

現在の読者にとっても『罪と罰』と『レ・ミゼラブル』との相似性というのはそれほど意外な感じを呼ばないのではないか。『罪と罰』発表当時の読者もまた、すぐに『レ・ミゼラブル』を思い出したようだ。ドストエフスキイの書簡を引いてみよう。

私自身『レ・ミゼラブル』がたいへん好きです。それは私の『罪と罰』と同じ時期に出ました（つまりその二年前に出たのですが）。わが国の偉大な詩人、今は亡きチュッチェフをはじめとして多くの人々が『罪と罰』は『レ・ミゼラブル』とは比べものにならないくらい優れている、と評価しました。しかし私はみんなと論争して証明したのでした。『レ・ミゼラブル』のほうが私の作品よりも上だと。心からそう思って論争したのです。今でも私はそう信じています。わが国の文学通みんなに共通の見方にもかかわらず、ね。

（一八七四年四月十七日　ルリエ宛書簡）

ここからは「比べる」という感覚が当時の読者にもあったことがうかがわれる。無数に存在する文学作品の中のこの二つをなぜ選び出して比べたのか？　もちろん両者に同一性があるからだ。ドストエフスキイが言っている、両者のどちらが上か、ということには価値判断が入るだろうが。

ここから問題は二つに分かれる。第一は、当時のロシアの読者はユゴーをどのくらい知っていたかということ。第二はドストエフスキイはユゴーを、また『レ・ミゼラブル』をどのように知ったのか。

ロシアの読者はユゴーをどのくらい知っていたか

文献に依って調査した結果を次に示そう。ここから知られることはユゴーの創作活動をロシアは、またドストエフスキイは常に追いかけていた、ということだろう。本を読む層のロシア人であれば誰でもユゴーのこと、『レ・ミゼラブル』の内容は知っていた、という状況ではなかったかと推測される。

【フランス】

ヴィクトル・ユゴー 一八〇二〜一八八五

一八二三 『アイスランドのハン』（露語訳三三年）
一八二七 『クロムウェル』序文［ロマン主義文学論］
一八二九 『死刑囚最後の日』（露語訳三〇年）
一八三〇 戯曲『エルナニ』
一八三一 『ノートル＝ダム・ド・パリ』

一八四一 仏・アカデミー・フランセーズ会員

一八四八 ［フランス二月革命］
一八五一 ［ナポレオン三世のクーデター］
ユゴー亡命

【ロシア】

ドストエフスキイ 一八二一〜一八八一

一八二六―三四年 ポレヴォイの「モスクワ・テレグラフ」誌などによってユゴーは称賛された

一八三一 『ノートル＝ダム・ド・パリ』部分訳
一八三二 同上（検閲のため全部は翻訳できず）
一八三八 八月九日「ユゴーは『クロムウェル』『エルナニ』以外は全部読みました」
一八四〇 一月一日「ユゴーはキリスト教的な子供の魂を持つ」

一八五三　『懲罰詩集』（ナポレオン三世を痛烈に批判）
一八六二　『レ・ミゼラブル』十巻本として三月末―六月末ブリュッセルとパリで発売
一八七〇　〔普仏戦争・ナポレオン三世没落〕パリ帰還

一八五三　〔クリミア戦争〕
一八六〇　兄ミハイル『松明』誌に『死刑囚』を訳す
一八六一　〔農奴解放〕
『「死の家」の記録』
一八六二　六月、初めてのヨーロッパ旅行に出発。ベルリン、パリ、ロンドン、イタリア、スイス旅行フィレンツェで「出たばかりの『レ・ミゼラブル』を一巻また一巻と買って、三―四巻を一週間のうちに読破」（ストラーホフの回想による）
ロシアでユゴー人気、絶頂を迎える。同年に新聞や雑誌に部分的に紹介。全体の翻訳出版はアレクサンドル二世に禁止される。
「ヴレーミヤ」九月号に『ノートル＝ダム・ド・パリ』掲載。序文でユゴー論。
一八六三　『レ・ミゼラブル』論を意図
一八六六　『罪と罰』

これ以後の二人の関わりについても、ドストエフスキイの一八八〇年の作品『カラマーゾフの兄弟』でのジャヴェルとスメルジャコフの相似、またミリエル司教とゾシマ長老という聖者像の影響関係などが指摘されてきている。また一八八九－九九年にかけて書かれたトルストイの『復活』に与えた『レ・ミゼラブル』の影響も指摘され、一八九七－九八年に書かれたトルストイの『芸術論』ではユゴーに高い評価が与えられている。

後述の島崎藤村は、トルストイの『芸術論』、『復活』を読んでいることは分かっているから、それらをとおしても『レ・ミゼラブル』の世界に触れていたと考えることができる。さらに書簡から判明していることだが、藤村は『破戒』をトルストイの『復活』を思わせる装丁で出したかった。〈蘇生〉をめぐる複数のテキストがここで響き合うことになる。

日本の読者とユゴー『レ・ミゼラブル』との出会い

日本の状況、島崎藤村との関わりを見ておこう。

〈謎のある長編小説〉ということで探偵小説のジャンルに触れる。これに関連して見ておきたいのは明治二十年頃からポオ『黒猫』『モルグ街の殺人』などの紹介が始まる、ということだ。ユゴーの作品で言えば森田思軒が『探偵ユーベル』を翻訳するのが明治二十二年である。

一八九四（明治二十七）年　［北村透谷自殺］

藤村、ルソー『告白』およびドストエフスキイ『罪と罰』（九二年前半のみ魯庵訳）を読む
一九〇二（明治三十五）年　里岩涙香「万朝報」に『噫無情』一五二回の連載（―一九〇三年）
一九〇三（明治三十六）年　四月二十五日：トルストイの『芸術論』を読む
（藤村が読んだ英語版『芸術論』に『レ・ミゼラブル』を高く評価している箇所が忠実に訳出されているかどうかは、実際のテクストにあたってみる必要があるが未調査）
十一月十九日：「『罪と罰』拝読を終わり申し候」（田山花袋宛書簡）
一九〇六（明治三十九）年　三月十五日：『破戒』を「緑陰叢書」として。トルストイの『復活』のイメージの装丁で

藤村が田山花袋から借りて読んだ『罪と罰』はフレドリック・ヴィショウによる英訳本であった。この英訳には問題があり、あとで取り上げる〈自然との同一感／疎外感〉というテーマに直接に関わることになる。

日本の読者に『レ・ミゼラブル』と『罪と罰』の〈同一性〉は知覚されたか

ロシアの読者が『罪と罰』に出会った時、『レ・ミゼラブル』を想起したように、日本の読者も両者の相似性ないし同一性を感知し得たのかどうか。
北村透谷の内田魯庵訳『罪と罰』評はそのことを証言している。同一性の分析を詳しくしている

わけではないが、『罪と罰』の冒頭から既に透谷は「ああ、ユゴー」と直感している。

「必然の悪」を解釈して遊歩場の一少女を点出し、かの癖漢の正義を狂欲する情を描き、或は故郷にありしときの温かき夢を見せしめ、又た生活の苦戦場に入りて、朋友に一身を談ずる処あり。第六回に至りて始めて、殺人の大罪なるか否かの疑問を飲食店の談柄《だんぺい》より引起し、遂に一刹那《せつな》を浮び出さしめて、この大学生、何の仇もなき高利貸を虐殺するに至る。第七回は其綿密なる記事なり。読去り読来って繊細妙微なる筆力、まさしく「マクベス」を融解したるスープの価はあるべし。是にて罪は成立し、第八回以後はその罪によりていかなる「罰」、精神的の罰、心中の鬼を穿ち出でて益々精に、益々妙なり。余は多言するを好まず。嘗つてユーゴの「ミゼレハル」、銀器を盗む一條を読みし時に其精緻に驚きし事ありしが、この書載するところ、恐らく彼の倫にあらざるべし。余は不知庵がこの書を我文界に紹介したる勇気を、こよなく喜ぶものなり。第二巻の速に出でんことを待つ。*1

『レ・ミゼラブル』『罪と罰』『破戒』の〈同一性〉は知覚されたかあわせて歴史的な資料の調査を『破戒』発表時まで広げておこう。『破戒』に接した日本の読者はその文学史的な背景として何を思い起こしただろうか。

雑誌「早稲田文学」明治三十九（一九〇六）年五月号で「『破戒』を評す」との合評が行われ、

七人の評家が文章を寄せている。

島村抱月によれば「『破戒』はたしかに我が文壇に於ける近来の新発現である。予は此の作に対して、小説壇が始めて更に新しい回転期に達したことを感ずるの情に堪えぬ。ヨーロッパに於ける近世自然派の問題的作品に伝わった生命は、此の作に依て始めて我が創作界に対等の発現を得たといってよい。十九世紀末式ヴェルトシュメルツの香いも出ている」という。

西欧文学との関係では具体的には中島孤島が『ハムレット』との関わりを詳細に分析していて目を引く。孤島は丑松が父の声を聞くあたりからハムレットを連想、オフィリアの地位に立つお志保は脆弱な女性ではないのだから、単に結末の添物にしたのはおかしいと異議を唱えている。

日本文学との関係では正宗白鳥が「木下尚江氏等の喜びそうな着想だ」としているが、それは尚江の『良人の自白』(明治三十七-三十九年「毎日新聞」連載)などを頭に置いたものだろうと思われる。

残念ながら「早稲田文学」のこれらの評論からは『レ・ミゼラブル』『罪と罰』との連想も、黒岩涙香の『噫無情』への言及も、見られない。これはどういうことなのだろうか。

Ⅱ　同一性のレヴェル

ロシア・フォルマリズムによれば、文学作品とは概ね「プロット」「登場人物のレヴェル」「叙述の方法」という三つの系列の言葉から成り立っている。[*2]
「文化歴史学派」の得意とする、言わば作者の伝記研究、歴史研究から離れて、これから作品そのものの分析をしていくにあたり、こうした理論的枠組みはたいへん有効なものである。この論の対象（『罪と罰』『レ・ミゼラブル』『破戒』）を分析するためにもっとも分かりやすいと思われる人物システムから出発しよう。

【登場人物システムの越境】

『レ・ミゼラブル』（ユゴー：一八六二年）

ジヤヴェル
↓
ミリエル司教 ← ジャン — コゼット
↑
テナルディエ夫人　　　　マリユス

『罪と罰』（ドストエフスキイ：一八六六年）

ポルフィーリイ
↓
ソーニャ → ラスコーリニコフ ― ドゥーニャ
↑　　　　　　｜
スヴィドリガイロフ　ラズミーヒン

この図は両者の関係を詳細に分析したナタリー・バーベル・ブラウンの仕事によっている。この研究者はさらに両者のプロット上の違いについて、『レ・ミゼラブル』は法の過酷さと不当さに向けられた社会的批判の小説であるから、主人公の精神的復活は冒頭に置かれているのに対して、『罪と罰』では罪と良心の問題が扱われているので、主人公の精神的復活は小説の最後に置かれているのだ、と指摘している。*3

『レ・ミゼラブル』は黒岩涙香によって次のように日本語に移された。

『噫無情』（黒岩涙香：一九〇二－〇三）

弥里耳僧正
↑
蛇兵太 → 戎瓦戎 ← 手嶋田夫人
｜
小雪 — 守安

連載にあたって涙香は「もしわが日本にミゼラブルの一書を翻訳する必要ありとせば、必ずや人力をもって社会に地獄を作り、男子は労働のために健康を損し、女子は飢渇のために徳操を失し、いたる所に無知と貧苦との災害を存する今の時にこそあるなれ」と書いている（涙香「小引」より）。

言うまでもないことだが、「構造」あるいは「人物システムの越境」という事態は自動的、自然に生起するのではない。言語圏、文化圏の異なる境界を三つの作品は越えてきた。「構造」とはそれぞれの時点でのそれぞれの社会に対する必要なメッセージを担い得る。逆に言うなら「構造」が再生される、呼び起こされるためには、たとえば涙香の言うような、リアルなメッセージを担い得るものでなければならない、ということだ。

『罪と罰』では『レ・ミゼラブル』とほぼ同一の人物システムを使いながら、当時のロシアが突き当たっていた社会的な問題点と、さらに精神的な問題を摘出している。その精神的な問題とはドストエフスキイから見た場合、ロシア近代精神の危機からの〈蘇生〉という大きな問題である。『レ・ミゼラブル』が検閲のために翻訳できないから、翻案してみた、という性格ではない。言わばニュートラルな容器として、新たな意味付けを待っている皮袋＝「構造」に対して、新たに生命を吹き込むこと、これが作者が持っている権利、権力、意義だろう。『破戒』でもそれが行われた。

『破戒』（島崎藤村：一九〇六）

校長、高柳（世間）
←
猪子　蓮太郎 ↑　丑　松　―　お　志　保　―　住　職

ここではテナルディエないしスヴィドリガイロフの位置にある暴露者が明瞭なかたちでは存在しない。「世間」といった見分けにくい、ある意味では日本的な迫害者の姿になっている。小説が『罪と罰』のラスコーリニコフの場合のような個人的な罪ではなく、社会関係上の、「罪」とも言えない日本社会の一部に存在し、現在も残っている「差別」を問題にしているからだろうか。

お志保については、小説のラストではラスコーリニコフにとってのソーニャの役割を与えられるから、ここではなく、猪子連太郎の位置に並べておくのがよいのかもしれない。

『罪と罰』のコードによってその後に書かれていく日本の小説群と比べれば、この最も早い受け入れはむしろ極めて構造的な継承関係を示しているものと言える。

「追う」「追われる」という〈倒叙もの〉プロット

最初から読者の側に犯人は知られている。犯人は捕まるのか、自白するのか、という興味で読者を引っ張っていく探偵小説のジャンルを〈倒叙もの〉と言う。つまりシクロフスキイの『散文の理論』で言えば「秘密をもった謎のある文学作品」というジャンルとしてかなり古くから見られるということになる。*4

プロットの分析として、「追う／追われる」「隠す／告白する」「罪／復活」というこの三つの対概念の諸レベルについて具体的に『破戒』を追いながら確認していきたい。

「隠す」「告白する」というモチーフ

さあ、父の与へた戒《いましめ》は身に染々《しみじみ》と徹《こた》えて来る。「隠せ」――実にそれは生死《いきしに》の問題だ。あの仏弟子が墨染の衣に守り窶《やつ》れる多くの戒も、この一戒に比べては、寧《いっ》そ何でもない。祖師を捨てた仏弟子は、堕落と言われて済む。親を捨てた部落生れの子は、堕落でなくて、零落である。「決してそれとは告白《うちあ》けるな」とは堅く父も言い聞かせた。これから世に出て身を立てようとするものが、誰が好んで告白《うちあ》けるような真似を為《し》よう。
丑松も漸《ようや》く二十四だ。思えば好い年齢《とし》だ。*5

（第三章）

ここに「隠す／告白する」という三つの作品を貫くモチーフがある。これによって同一性の感覚が読者の中に生まれよう。

小説の先にはマルメラードフの台詞の「引用」に近いものが現れる。

「噫《ああ》。我輩《わがはい》の生涯《しょうがい》などは実に碌々《ろくろく》たるものだ。」と敬之進は更に嘆息した。「しかし瀬川君、考えて見てくれたまえ。君は碌々という言葉の内に、どれほどの酸苦が入っていると考える。こうして我輩は飲むから貧乏する、と言う人もあるけれど、我輩に言わせると、貧乏するから飲むんだ。一日たりとも飲まずには居られない。まあ、我輩も、初の内は苦痛《くるしみ》を忘れる為《ため》に飲んだのさ。今ではそうぢゃ無い、反って苦痛を感ずる為に飲む。はははは。〈以下略〉」

（第四章）

同じ「隠す／告白する」というモチーフは猪子蓮太郎との関係でも繰り返されるものだ。ペテロがキリストを三度否定するように丑松は三度蓮太郎との関係を否定し、そのことから鋭い良心のとがめを感じる。

そこは天長節の式場に用いられた大広間、長い腰掛が順序よく置並《おきなら》べてあるばかり、平素《ふだん》はもう森閑としたもので、下手な教室の隅などよりは反《かえ》って安全な場処のように思われた。とある腰掛を択《えら》んで、懐から取出して読んでいるうちに、いつの間にかあの高柳との問答――「懇意でも有ません、関係は有ません、何にも私は知りません」と三度までも心を偽って、師とも頼み恩人とも思うあの蓮太郎と自分とは、全く、赤の他人のように言消《いいけ》して了《しま》ったことを思出した。「先生、許して下さい。」こう詫びるように言って、やがてまた新聞を取上げた。

（第十四章）

第一章でも触れたが、バフチンのクロノトポス論で『罪と罰』における「階段」や「敷居」と並んで「橋」の意義についての言及があった。*6 確かに『破戒』においても「橋」は運命の転換する場所、主人公の決断が促される場所になっている。

やがて、こういう過去の追憶《おもいで》がごちゃごちゃ胸の中で一緒に成って、煙のように乱れて消えて了《しま》うと、唯二つしかこれから将来《さき》に執るべき道は無いという思想《かんがえ》に落ちて行った。唯二つ――放逐か、死か。到底丑松は放逐されて生きている気は無かった。それよりは寧《むし》ろ後者《あと》の方を択《えら》んだのである。

短い冬の日は何時の間に暮れかかって来た。もう二度と現世《このよ》で見ることは出来ないかのような、悲壮な心地に成って、橋の上から遠く眺めると、西の空すこし南寄りに一帯の冬雲が浮んで、丁度可懐《なつか》しい故郷の丘を望むように思わせる。それは深い焦茶色《こげちゃいろ》で、雲端《くもべり》ばかり黄に光り輝くのであった。帯のような水蒸気の群も幾条《いくすじ》かその上に懸った。ああ、日没だ。蕭条《しょうじょう》とした両岸の風物はすべてこの夕暮の照光《ひかり》と空気とに包まれて了った。どんなに丑松は「死」の恐しさを考えながら、動揺する船橋の板縁《いたべり》近く歩いて行ったろう。

蓮華寺《れんげじ》で撞《つ》く鐘の音《ね》はその時丑松の耳に無限の悲しい思《おもい》を伝えた。次第に千曲川《ちくまがわ》の水も暮れて、空に浮ぶ冬雲の焦茶色が灰がかった紫色に変った頃は、もう日も遠く沈んだのである。高く懸る水蒸気の群は、ぱっと薄赤い反射を見せて、急に掻消《かきけ》すように暗く成って了った。

（第十九章）

〈罪〉からの〈復活〉というモチーフ

丑松は蓮太郎の死に励まされて、告白に向かう。お志保は「一生、彼について行く」と言う。やがて丑松は飯山の町を出て行く。そこの描写は次のようになっている。

霙は蕭々《しとしと》降りそそいでいた。橇曳は饅頭笠《まんじゅうがさ》を冠《かぶ》り、刺子《さしこ》の手袋、盲目縞《めくらじま》の股引《ももひき》という風俗で、一人は梶棒《かじぼう》、一人は後押《あとおし》に成って、互《たがい》に呼吸を合せながら曳いた。「ホウ、ヨウ」の掛声も起る。丑松は人々と一緒に、先輩の遺骨の後に随《つ》いて、雪の上を滑る橇の響《ひびき》を聞きながら、静かに自分の一生を考え考え歩いた。猜疑《うたがい》、恐怖《おそれ》――ああ、ああ、二六時中忘れることの出来なかった苦痛《くるしみ》は僅かに胸を離れたのである。今は鳥のように自由だ。どんなに丑松は冷い十二月の朝の空気を呼吸して、漸《ようや》く重荷を下《おろ》したようなその蘇生《そせい》の思に帰ったであろう。譬《たと》えば、海上の長旅を終って、陸《おか》に上った時の水夫の心地は、土に接吻《くちづけ》する程の可懐《なつか》しさを感ずるとやら。丑松の情は丁度それだ。いや、それよりも一層《もっと》歓《うれ》しかった。一層《もっと》哀《かな》しかった。踏む度にさくさくと音のする雪の上は、確実《たしか》に自分の世界のように思われて来た。（第二十三章）

この「蘇生」という言葉、「復活」という概念が三つの小説をつなぐ最も重要なモチーフであることは言うまでもない。それをドストエフスキイと藤村は等しく「土に接吻する」という言葉で表現している。これをどう考えたらよいだろうか。

ドストエフスキイにおいてこのモチーフの背後には、スラヴ諸民族が長く持っていた人格化された大地という自然観を持っている。[*7]

それでは、比喩のかたちで語られているとはいえ、この丑松の〈蘇生〉の感覚の表現として用いられる「土への接吻」は日本文化に根を持っているものなのかどうか。日本という文化の中で「大地」というものが神話的な力を持つ要素としてあり、それがここに投射されているのだと考えることができるものかどうか（よく知られる曲『大地讃頌』が思い出されるかもしれない）。

『破戒』では丑松の父の遺言に「俺はこの牧場の土と成りたいから、葬式は根津の御寺でしねえように、成るならこの山でやってお呉れ」という言葉がある。ここに「大地」のモチーフが現れていると言うべきだろうか？

Ⅲ 〈差異〉のレヴェル

中心／周縁という構造

『破戒』に『罪と罰』のようなインド・ヨーロッパの神話詩の〈中心／周縁〉という二項対立を観察できないことは驚くべきことではないだろう。[*8] 二つの文化圏の違いということが明瞭に現われている側面かもしれない。はたして日本の文学作品ないし神話世界に〈中心／周縁〉という〈構造〉を持つものがあるかどうか。ロシア（ヨーロッパ）と日本という二つの文化圏の文学世界形成の根源に関わる大きな問題だ。

ただ「周縁＝解放」ということでは、父の死去の知らせを受けた丑松が故郷に向かうところで現れる、次のような叙述が注目されよう。

飯山《いいやま》を離れて行けば行く程、次第に丑松は自由な天地へ出て来たような心地《こころもち》がした。北国街道の灰色な土を踏んで、花やかな日の光を浴びながら、時には岡に上り、時には桑畠の間を歩み、時にはまた街道の両側に並ぶ町々を通過《とおりすぎ》て、汗も流れ、口も乾き、足袋《たび》も脚絆《きゃはん》も塵埃《ほこり》に汚《まみ》れて白く成った頃は、反《かえ》って少許《すこし》蘇生《そせい》の思《おもい》に帰ったのである。（第七章）

敷居／階段／橋のクロノトポス

前述したとおり、『罪と罰』では「階段」「橋」「敷居」が作品の全体世界を規定するクロノトポスと考えられる。そしてたしかに、『破戒』にも「橋」が転換点に現れてくる。しかしこの「橋」が小説全体を統一する役割をはたしているか、というとそれは疑問だ。『破戒』のクロノトポスは、またフランス近代小説のような「サロン」でも、『ドン・キホーテ』のような「道」でもない。『破戒』の時空間を支えているのは、生きてさまざまな相を見せる「山」なのではないか。たとえば

――

蓮太郎に言わせると、彼も一度はこういう山の風景に無感覚な時代があった。信州の景色は「パノラマ」として見るべきで、大自然が描いた多くの絵画の中では恐らく平凡という側に貶《おと》される程のものであろう――成程《なるほど》、大きくはある。然し深い風趣《おもむき》に乏しい――起きたり伏したりしている波濤《なみ》のような山々は、不安と混雑とより外に何の感想《かんじ》をも与えない――それに対《むか》えば唯心が掻乱《かきみだ》されるばかりである。こう蓮太郎は考えた時代もあった。不思議にもこの思想《かんがえ》は今度の旅行で破壊《ぶちこわ》されて了《しま》って、初めて山というものを見る目が開いた。新しい自然は別に彼

の眼前に展けて来た。蒸し煙《けぶ》る傾斜の気息《いき》、遠く深く潜む谷の声、活《い》きもし枯れもする杜《もり》の呼吸、その間にはまた暗影と光と熱とを帯びた雲の群の出没するのも目に注《つ》いて、「平野は自然の静息、山岳は自然の活動」という言葉の意味も今更のように思いあたる。一概に平凡と擯斥《しりぞ》けた信州の風景は、「山気《さんき》」を通して反って深く面白く眺められるようになった。

こういう蓮太郎の観察は、山を愛する丑松の心を悦ばせた。その日は西の空が開けて、飛騨《ひだ》の山脈を望むことも出来たのである。見ればこの大渓谷のかなたに当って、畳み重なる山と山との上に、更に遠く連なる一列の白壁。今年の雪も早や幾度か降り添うたのであろう。その山々は午後の日をうけて、青空に映り輝いて、殆んど人の気魂《たましい》を奪うばかりの勢であった。活々《いきいき》とした力のある山塊の輪郭と、深い鉛紫《えんし》の色を帯びた谷々の影とは、一層その眺望に崇高な趣を添える。針木嶺《はりきとうげ》、白馬岳、焼岳、槍《やり》ケ岳、または乗鞍《のりくら》岳、蝶《ちょう》ケ岳、その他多くの山岳の峻《けわ》しく競《きそ》い立つのは其処だ。梓川《あずさがわ》、大白川などの源を発するのは其処だ。雷鳥の寂しく飛びかうというのは其処だ。氷河の跡の見られるというのは其処だ。千古人跡の到らないというのは其処だ。ああ、無言にして聳《そび》え立つ飛騨の山脈の姿、長久《とこしえ》に荘厳《おごそか》な自然の殿堂――見れば見る程、蓮太郎も、丑松も、高い気象を感ぜずにはいられなかったのである。殊にその日の空気はすこし黄に濁って、十一月上旬の光に交って、この広《ひろ》い谿谷《たにあい》を盛んに煙るように見せた。長い間、二人は眺め入った。眺め入りながら、互《たがい》に山のことを語り合った。

（第八章）

日本文学が「山」という景観にいつの時点でそのように目を開いていくのか、ということもまた、ここでは扱えない大きな問題だろう。[*9] すくなくともここでは主人公達の内面と、山の景観の動きがきわめて同調して変化していく。山を中心とした自然の描写と蓮太郎や丑松がどのような精神状態を迎えるか、ということがほとんど一体として描かれている。そういう意味では「山」がこの小説世界を統一するクロノトポスと考えることができるかもしれない。

〈自然〉との響き合い／自然からの疎外感

ところで今の箇所に「パノラマ」という言葉がカッコにくくられたかたちででている。これは明治二十五（一八九二）－二十六年に訳された内田魯庵訳の『罪と罰』訳文と関わりがあるのでは、という仮説が可能だ。

ラスコーリニコフが殺人ののち、橋の上に立ってペテルブルグの光景に眺め入る場面である。

　爰《ここ》は取別《とりわ》けてラスコーリニコフには馴染の土地で、過ぎし日大学に在校の時は、此邊を漂泊《さまよ》うて目に映る絶妙の「パノラマ」を実際感得した事も百度《ももたび》に上ッた。爰では何とも云われぬ軟かな風が彼の面を吹いて景色も又言わず語らず彼に訴えた。（内田魯庵訳、[*10] 傍線は井桁）

この「パノラマ」というカッコ付けが藤村の先の個所に響いているのではないか。藤村は、魯庵訳が出たのち、二年ほど経ってから読んでいる。

ところが、この訳文には問題がある。訳文からはラスコーリニコフの心的状態と自然とが一体になっているように読み取れるが、実は『罪と罰』ロシア語原文ではすっかり逆のことが描写されているのだ。

原作に忠実な訳をすれば、次のようになる。

> 大学に通っていたころのことだが、家に帰るときが多かったが、ちょうどこの場所に立ち止まって、このじっさい壮麗なパノラマをじっと見つめ、そのたびごとにひとつの不明確な解決不能の印象におどろかされていたのだった。この壮麗なパノラマからはいつも説明しがたい冷気が彼に吹きつけてくるのだった。その華やかな光景が、彼にとっては、目もなければ耳もない霊によって満たされていた。（傍線は井桁）

ドストエフスキイはこの橋の上で、主人公にその光景に没入させよう、光景と交感させようなどとはまったく思っていない。むしろ自然から疎外される意識、外部の光景が異様に見えてしまう〈不条理の感覚〉、自分の生と、この光景、この世界とは無縁だ、という空虚な感覚がここには表現されている。そのことは創作ノートではもっとはっきりと描かれていた。[*11] これがラスコーリニコフの絶望であり、ドストエフスキイの自然感覚（自然全体のハーモニーから人間は疎外されている、という感覚。『白痴』のムィシキン独白を参照）も濃厚に現れている。〈大地〉ということを言いながら、実はそこから疎外されている、いや疎外感から大地を執拗に求める、という感覚を強く持っている。

ところで不注意な研究者は、魯庵が誤訳したのだろう、と考えてしまう可能性があるかもしれない。明治の文学的感性では自然からの疎外感など感受できなかった、などと。しかし事態はそう簡単ではない。魯庵訳の時点で出ていた英訳は一八八六年のフレドリック・ヴィショウ訳のものだ。そこでは英文は次のようになっており、魯庵訳は忠実なものと知れる。

> This spot was particularly well known to him, and in his old University days it happened, hundreds of times, that he would linger here, at this very place, and really admire the beautiful panorama displayed to his eyes. An inexplicably soothing air appeared to blow upon him in this place, and the scene appealed to him mutely.（下線は井桁）

藤村が読んだ英訳版というのも同じヴィショウ訳であるから、もともとドストエフスキイの原文にある疎外感を知ることはできなかったわけだ。こうしてむしろ、ヴィショウ訳とそこからの魯庵訳とは、『破戒』における作中人物の精神状況と光景あるいは外部世界との一体感、シンクロニシティを生むことになった。比較文学が一つのテーマにしている「誤訳によって生み出されたもの」という問題につながっていく。そしておそらくそのほうが、すくなくとも当時の、自然との隔絶感をそれほど強く持たない読者に対して、『破戒』を読みやすいものにしただろう、ということは予測されるだろうか。

　やがて、すでに『破戒』が書かれた一九〇六（明治三十九）年のあと、一九一四年になってようやく原文に忠実な訳であるコンスタンス・ガーネット訳が出ることになる。

When he was attending the university, he had hundreds of times generally on his way home stood still on this spot, gazed at this truly magnificent spectacle and almost always marveled at a vague and mysterious emotion it roused in him. It left him strangely cold ; this gorgeous picture was for him blank and lifeless. He wondered every time at his sombre and enigmatic impression and, mistrusting himself, put off finding the explanation of it.（下線は井桁）

ここからは二つの問題が浮かび上がってくる。

第一点は、世紀の境界をはさむ二十年間のイギリス文学のプロセスの中で、いかにしてドストエフスキイの世界感覚を正確に捉える感性の転換が起こったのか、ということ。翻訳者個人のロシア語解読の力量ということはもとよりあるだろうが、ワーズワースの湖畔のロマンティシズムの自然感覚から、二十世紀モダニズム文化の不条理な世界感覚への、ちょうど転換点を『罪と罰』の二つの英訳は証言しているのではないか。これも今は仮説として残しておく。

　第二の点は、もしも藤村がガーネット訳を目にしていたら、山の動きをクロノトポスとする『破戒』は書かれなかった可能性もあるのではないか、ということ。光景が一瞬の座標軸の揺らぎによって狂って見えるというモチーフは、たとえば野間宏『崩壊感覚』（一九四八年）などに明瞭に見られるものだが、ようやく戦後の日本文学に現れてくるこのテーマが明治期に感受されたかどうか。判断に迷うところだ。

宗教性の問題　〈大地〉と〈罪〉の位相

〈大地〉はスラヴ諸民族にとって神話的な存在であった。一方、〈グレート・マザー〉は世界の多くの地域に見られる女性神であることが報告されている。日本の文化にとって〈大地〉とは罪を赦し、あらたな生を与えてくれる存在と感じられるかどうか。すくなくとも『破戒』に『罪と罰』に見られるような大地イメージを求めることはできないように思われる。

　それは『破戒』で問題にされているのがあくまでも〈社会的な罪〉であり、社会の不正に対する抗議とそこからの解放、自由であったことによるのかと思われる。その意味では『破戒』は実はむしろユゴーの『レ・ミゼラブル』の発するメッセージを継承している、と言うべきかもしれない。

　人間に内在する「罪」という『罪と罰』の問題を日本文学が引き受けていくのは、第二次世界大戦という民族全体の大きな体験を経た後のことなのだろうか？[12]

おわりに――文学研究の論理展開と読者の主体的読みに残されたもの

文学作品の発するメッセージは「正しく解読される」ことを待つ一義的なものではない。何を読み取り、何を大切なものとして生産するかは読者のそのつどの読みに完全にゆだねられている。

いま、ここで読者の主体的な読みに残された問題は「蘇生はリアルか？」ということであろう。

〈……〉ユゴーの名前は死なない。最近、『ノートル＝ダム・ド・パリ』から三十年以上たって、『レ・ミゼラブル』が現われた。この小説で偉大な詩人にして市民は無限の才能を発揮し、その文学の基本的な思想を見事な芸術的完成度で示したから、全世界にぱっと広まり、万人がこれを読んだ。その魅力はだれをも等しく引きつけた。〈……〉彼の思想は十九世紀のあらゆる芸術の基本的な思想であり、ヴィクトル・ユゴーがほとんど最初の伝道者である。思想はキリスト教的で高い道徳性に満ちたものだ。公式化すればつぎのようになろう。状況や幾世紀にもわたる停滞、社会的偏見の圧迫によって不当に押しつぶされた者、滅亡した者の復興。この思想は虐げられ、皆にのけ者にされた社会層を正当に光を当てようとすることである。〈……〉ユゴーはこうした〈復活〉のイデアの我らの世紀の文学において最も重要な伝道者である。[13]

注

＊1　北村透谷「罪と罰」、「白表」（女学雑誌）三三四号、明治二十五年十二月十七日。

＊2　文学研究の諸流派に関して詳しくは井桁貞義『文学理論への招待　二〇〇一年度版』（早稲田大学、二〇〇一年）第五章を参照。

＊3　Nathalie Babel Brown. Hugo and Dostoevsky. Ann Arbor : 1978. なお、この研究書に関する井桁による書評は「比較文学年誌」第十五号（一九七九年）を参照。

＊4　ヴィクトル・シクロフスキー『散文の理論』（水野忠夫訳、せりか書房、一九七一年）

＊5　『破戒』の引用は新潮文庫、一九五四年版より。

＊6　ミハイル・バフチン『小説の時空間』（北岡誠司訳、新時代社、一九八七年）

＊7　井桁貞義『ドストエフスキイ・言葉の生命』（群像社、二〇〇三年）第二部 第一章「大地－聖母－ソフィア」を参照。

＊8　トポローフ「ドストエフスキイの作品に見られる古式の構造」『現代思想』一九七九年九月号を参照。

＊9　たとえば日本の山々を描いた志賀重昂著『日本風景論』（講談社学術文庫所収）が明治二十七年に刊行され、熱狂的に迎えられた。『破戒』（明治三十九年）に先立つこと十年余りのことである

＊10　『内田魯庵全集』第十二巻（ゆまに書房、一九八四年）一三八ページ。

＊11　井桁貞義『ドストエフスキイ』（清水書院、一九八九年）一三八ページ参照。

＊12　前掲『ドストエフスキイ・言葉の生命』第五部第二章「『罪と罰』と二十世紀後半の日本」および第六章「ドストエフスキイ問題とは何か」および本書第三章を参照。もとより本書第一章で取り上げた漱石の『心』は内在的な「罪」をテーマとしていたわけだが。

＊13　ドストエフスキイ「ヴレーミヤ」誌、一八六二年九月号『ノートル＝ダム・ド・パリ』紹介文。

第二部　戦後日本のドストエフスキイ

第三章　ドストエフスキイの時代

Ⅰ　ドストエフスキイの問題を自分の問題として

よく知られるように、戦後の日本、特に昭和二十一年（以下、基本的には昭和の年号を用いる。時代の感覚を確かめる意図がある）の冒頭から、文芸誌の発刊が相次いでいる。たとえば「新潮」などは二十年には八月の敗戦後は十一月号、十二月号を発刊したのみで、まことに薄い十二月号の編集後記に「本年も押しつまって、この原子爆弾の年は国民の限りない悔恨と悲嘆のうちに暮れようとする」と書かれており、二十一年一月が新しい出発だったことが改めて実感される。二十一年に創刊される雑誌は「世界」「展望」「新日本文学」「世界文学」「人間」など多数あるが、「近代文学」もそのうちの一つである（二十一年一月十日付け。実際の配本は二十年十二月三十日）。

この「近代文学」の二十一年一月の創刊号から埴谷雄高の『死霊』の連載が始まる。

最近の記録には嘗て存在しなかったと言われるほどの激しい、不気味な暑気がつづき、そのため、自然的にも社会的にも不吉な事件が相次いで起った或る夏も終りの或る曇った、蒸暑い日の午前、××風癲病院の古風な正門を、一人の瘦せぎすな長身の青年が通り過ぎた。

（七四ページ）

ドストエフスキイでは『罪と罰』の冒頭で、異常に暑い夏の夕暮れ近く、一人の青年が下宿を出て通りへと出かけるさまが浮かぶだろう。自同律の不快、という存在論的なテーマもまたドストエフスキイを連想させ、さらに若者たちの対話ということでは『カラマーゾフの兄弟』の四人の兄弟の人物配置を、そして革命家、首猛夫の暗躍というプロットは、題名の連想からも明らかなようにドストエフスキイでは『悪霊』をイメージする、という壮大な企てであった。連載は第四章まで、昭和二十四年十一月まで断続的に続いて作者の病気のため中断する。[*1]

当時の読者が『死霊』連載開始直後から「ああ、ドストエフスキイ」と感じたことは、「近代文学」二十一年第四号の「同人雑記」で、平野謙が「この雑誌の創作欄を、ある人がプルウストとドストエフスキイだね、と揶揄的に評した。無論、佐々木基一がプルウストで、埴谷雄高がドストエフスキイという意味だ。こう軽くいなされては佐々木も埴谷もおさまるまい。」（六五ページ）と言っていることからも見て取れる。

プルースト、サルトルなどのフランス文学の戦後日本文学への影響ということにはここでは触れないが、ドストエフスキイといういかにも十九世紀の小説と、これとは時間感覚を異にするプルーストという二十世紀小説を代表する作品が並んでいる、ということはすでに問題であり、戦後日本文学が外国文学との関係でどのような文学理念から出発していったかという問にもつながるだろう。このように、様式の交代としては文学史が語れない、むしろ様式の並存・闘争としての文学史のあり方を問うべきだ、という点では、戦後日本文学史は、たとえばロシア文学史に近い面があると言えるのだろうか。*2

平野がさらに「だが、この評言には一面の真理がある。西欧近代文学がわが国に輸入されてから、もはや何十年になったろうか。」「その不毛の地盤に、ともあれヨーロッパ的な近代文学を花さかせようとする操作がどれほど無理じいなものであるかは、当事者でなければ分かりはせぬ。」「おそらく『死霊』は近代文学樹立の光栄ある最初の捨石となるだろう。」と言っていることについては本章のⅢで再び戻ることになる。

ここでは作者と読者の両方に、つまり日本の知識層に、読解のコードとしてドストエフスキイが存在した、ということは言えるだろう。

これに関連して言っておかなくてはならないが、一九一七（大正六）〜一九二一年刊行の新潮社版『ドストエーフスキイ全集』全十七巻以来一九四五年までに、翻訳のドストエフスキイ全集は前後六回にわたって企てられ、*3 終戦直後の一九四六年から五一年までに河出書房から全四十三巻の

『ドストエーフスキイ全集』が刊行される、というように、日本の読者層は、十分にドストエフスキイの作品に親しんでいた。

敗戦直後の日本文学ではドストエフスキイの名前が埴谷雄高以外にも多くの作家たちによって引用されてゆくことになる。以下時期を追って見ていこう。

小田切秀雄の次のような回想はおそらく、ちょうどこの頃のことだろう。

　敗戦後まもないころ『近代文学』同人で小旅行をしたことがあり、その帰りの駅のプラットフォームで、平野謙と雑談しているときに、〝これからはドストエーフスキイの時代になる〟という話が出たことを、わたしは妙にあざやかに覚えている。どちらがさきに言いだしたのかは記憶がおぼろだが、そのときのわたしの念頭には連載がはじまったばかりの埴谷の『死霊』があったとともに(まだ椎名は登場していなかった)、戦前のはげしい革命運動、戦争中の支配体制とそのすさまじい弾圧下の生活、戦後の革命・反革命の諸潮流、等のなかでひそやかにまたはあらわに動きまわっていた大小多種の日本的なカラマーゾフたち——フョードルや、ドミトリイや、イワンや、アリョーシャや——が、こんどこそ体制がわの検閲によるひどい制限や、革命運動がわの個々の政策への従属による制約などから脱して、自由に追及・表現されうるであろうし、またそうならねばならぬ、というつよい期待があった。*4

確かにこの頃から日本文学には《ドストエフスキイの時代》が訪れたと思われる。

ここで触れられている椎名麟三のデビュー作『深夜の酒宴』が発表されるのは「展望」の昭和二十二年の二月号だった。

主人公、須巻はかつて共産党員だったが、刑務所に収監されている間に発狂し、いまは叔父のアパートで暮らしている。一面の焼跡に立つアパートの住民たちは皆、ドストエフスキイのペテルブルグの住民のように貧しい。叔父は「お前は人をだました罪を償わなければならんのだ。人をだました罰を受けなければならんのだ」（一一六ページ）と迫る。絶望の中、実存的な生を生きる須巻はアパートに暮す白痴のような娼婦、加代と語り合うようになる。終幕の「僕はただ一つのことをぼんやりと覚えていた。それは加代が酔いつぶれている僕の頭を子供のように撫でながら、脱けて来る髪を指に巻いては畳の上へ落としていたことだった。」（一二八ページ）という箇所は、ドストエフスキイ『白痴』の終幕、白痴にもどったムィシキンと狂気に陥ったロゴージンの場面を思わせる、と指摘されてきた。[*5] 作品に暗い描写の続く中で、叔父に殴られた時に主人公は「そのとき僕は自分の頬にあつい疼痛を感じたのだった。それは何かの光のようだった。僕は目まいを感ずるような早さで自分の頭が軽く明るくなって行くのを感じた。生きていると僕は考えた。僕は笑い出した。心から笑いだした」（一一六〜一一七ページ）というところは、椎名という作家を考える上で印象的だ。埴谷雄高がイワン・カラマーゾフの「大審問官伝説」の神学論を借りたとすれば、椎名麟三はドストエフスキイの《美しい人》のイメージを受け継いでいくように見える。

武田泰淳の『審判』が発表されるのは「批評」昭和二十二年四月である。主人公は中国大陸で、上官の命令に従って中国の農民に発砲した体験を婚約者に話す。

「僕が人を殺した話なんだ」〈……〉「もうおやめになって！」彼女は悲しげな声で叫びました。それは意地悪された少女、ひどい仕打をうけた幼女のようにいたましげでした。私は自分が予想外に強い打撃をあたえてしまったことを知りました。私は話しおわってから「これでも僕を愛してくれる？」とたずねるつもりでした。そして「愛しますわ」という答えをもらって円満に解決するつもりでした。しかし惑乱した彼女の姿を見ては、すでにそれも不可能でした。甘い言葉でかたづかないもの、やさしい情愛で包みきれぬもの、冷えた石か焼けた鉄のようなものを、私は自分の手で二人の間に置いたも同然でした。打ちしおれた鈴子を家まで送りとどけると、別れの挨拶もそこそこに私はそこを離れました。（一五八ページ）

今までにない明確な罪の自覚が生まれているのに気づきました。罪の自覚、たえずこびりつく罪の自覚だけが私の救いなのだとさえ思いはじめました。（一五九ページ）

ここにあるのはドストエフスキイの『罪と罰』との対話、そしてソーニャによる救いの拒否ということだろう。

泰淳はまたこの作品で、『黙示録』の全的滅亡は、罪びとにもそうではない者にも等しく訪れるのか、という疑問を出している。昭和二十三年「花」四月号に発表された泰淳の「滅亡について」は重要な論文で、日本文学にはこれまでたかだか平家一門の滅亡は描かれたにしても史記や黙示録に描かれたような全的滅亡は描かれなかった、としている。*6

武田泰淳は続いて昭和二十二年「進路」八月から『蝮のすゑ』を執筆する。敗戦直後の上海を舞台に、ドストエフスキイとの関わりがきわめてはっきりと、主人公がラスコーリニコフのように斧を持って殺人に出かける、という物語として描かれることになる。

「この部屋は罪と罰のラスコルニコフの住みそうなところだな」と、かつてAは私に語った。「そうっと斧を持って出かけて行ってさ。またそうっと誰にも知られないように帰って来るのさ」
（二十三年二月号、五五ページ）

私は煉炭の箱の上にある斧をすばやく手に取り、外套のポケットに入れた。
（同、五六ページ）

私は斧と、肉切刀を外套のポケットにしまって帰った。その二つの刃物の血を、私はラスコルニコフのしたように、水で洗い落とした。砂でこすり、また洗った。
（同、五八ページ）

しかしここでは主人公による殺人は成就せず、思想もなく、また救済もない。

私にはラスコルニコフのような強靭な思想はなかった。セイゼイ子供じみた衝動があるにすぎなかった。また彼のような綿密な計算も、冷静な用意もなかった。そして何よりもあの深さがなかった。あまりにも他人まかせ、あまりにもその場かぎりであった。（同、五五ページ）

事件は他人のものだ。私は主人公ではない。わき役のまたわき役なのだ。（同、五五ページ）

こうした主人公の態度はさらに「どんな時でも、死なないで生きていられると、そればかり感じた。最初は恥を忍んで生きている気でいた。だがフト気づくと、恥も何もないのであった。私の無表情や私の苦笑は、恥も何もなく、ただ生きているだけの一枚看板であった」（八月号、五三ページ）と語られる。生存のために生存しているだけだ、という感覚は、作品冒頭の「『生きて行くことは案外むずかしくないのかも知れない』」（八月号、五二ページ）という一句に表されているのだろう。そしてそれが、同時に日本人論として展開されているところに武田泰淳の問題設定がある。罪を背負った民族というテーマである。

「俺は死刑になる。それは天罰だ。天罰でなくてもいい、しかし罰だ。つまり世界の罰だ。そうしておいて、一向さしつかえない。だが、俺を罰したところで、すまんよ。すみはせんよ。俺はまた生れかわってくる。多分は同じ日本人として生れかわってくるんだからな。」

「この人種は、つまり俺たちは、絶滅された方がいいかも知れんよ」
（十一・十二月号、六二～六三ページ）

昭和二十三年一月から三月にかけて「世界評論」に野間宏の『崩壊感覚』が連載される。その冒頭もまた『罪と罰』を連想させるものだ。

及川隆一が恋人の西原志津子を訪ねようと下宿の二階の東側にある自分の部屋を出て、北側の梯子段のところまできたとき、既に秋にはいって涼しくなったにかかわらず、まだ夏の水色の簡単服をつけた下宿の主婦が、何時にない奇妙にちぢかんだような顔付をして廊下の奥の方から小走りにはしり寄ってくるのを認めた。
（一月号、四四ページ）

主人公は旧式な手榴弾の爆発という、やはり戦争体験を反芻している。橋の上に立った及川の感覚はネヴァ川の上でラスコーリニコフが感じた「目も口もない冷気」にそっくりのものだ。

及川隆一にはその自分の胸をかすって通りすぎるものが何であるか解らない。彼にはそれを自分の言葉にして言いあらわすことは出来はしない。生活の嫌悪？　そうではない。死の恐怖？　そうではない。人生の寂寞？　そうではない。何か堪えがたいものがとおりすぎる。が、彼は自分でそれをどうするすべもないのである、と眼の前に拡げていた架空線の網の目が、突然その太い触手をぬらぬらと動かし始めた。
（二月号、五九ページ）

同じく昭和二十三年、「文芸時代」二月号、「個性」七月号、二十四年「別冊文芸春秋」二月の号に八木義徳「私のソーニャ」三部作が発表される。北海道出身の八木は二十一年五月に中国大陸から復員してくるが、妻と子が空襲で焼け死んだことを知る。「私のソーニャ」という小説はS子という運河の女、売春婦とのやり取りを描いているが、「私」はこの女性との結婚を師に相談に行って、こう言われる。

「ところで、これがなぜ自然なのか。ラスコオリニコフ自身が殺人という罪を犯した人間だからだ。そしてその罪を十分に苦しんだ人間だからだ。だから彼にはソーニヤというひとりの春婦の背負った罪の苦しみがよくわかるのだ。そしてソーニヤの方もまたラスコオリニコフの犯した罪の苦しみが判るのだ。彼女自身がまた十分罪に苦しんだ女だからだ。」
（「個性」七月号、五十ページ）

「私」のプロポーズはS子の「イヤ」という言葉で拒否されることになる。八木義徳の作品から受ける感覚はむしろトルストイの倫理観に近いようだ。

昭和二十三年「文学界」二月号から断続的に発表された『俘虜記』で、大岡昇平は敗戦直後のレイテ島の捕虜生活を描くが、そのときにドストエフスキイの『「死の家」の記録』が下敷きになっていることが民衆の描き方からもうかがえる。その最初の短編「俘虜記」で、イワン・カラマーゾフの見る自己の分身のヴィジョンが姿を見せる。

私は無論これが熱のための幻聴であるのを知っていた。私は笑って「よせやい、俺はお前なんかいやしないのを知ってるぞ。みんな熱のせいなんだ。」と叫んだ。その時途端、私がこう叱咤すること自体、相手の存在を認めるにほかならないことに気がついた。私は口をつぐんだ。同時に私はこれが「カラマゾフの兄弟」のイワンの二重人格の場合と同じであることに気がついた。この発見は不愉快だった。私はこの生涯の最後の瞬間に、私の個人的な幻覚においてさえ、なお先人の教えられたところに滲透されているのを苦々しく思った。

（二月号、二四ページ）

イワン・カラマーゾフの二重人格と言えば、芥川龍之介の『歯車』で、イワンと悪魔の分身、自己分裂を自分も体験する、それは死の兆候である、という恐怖体験として引用されていたが、ここでもまた死に臨む体験として語られている（それはやがて村上春樹に継承される）。

昭和二十三年十二月の「文体」第三号では同じく大岡昇平の『野火』の連載が始まる。ミンドロ島に残された日本兵が、飢餓状況の中でさまよう物語だが、二十四年七月の第四号には「鶏と塩と」と題された続編が掲載される。「文体」での連載はこの二回だけだが、第四号の最後のページにドストエフスキイが現れる。塩を求めて村に入った兵隊が現地の男女と出会い、女性を撃ち殺した直後の場面だ。

男が何か喚《わめ》いた。片手を前に挙げて、のろのろと後ずさりするその様子のドストエフスキイの描いたリーザの場合との著しい類似が、さらに私を駆った。私はまた射った。

（第四号、一〇四ページ）

大岡は後に、『わが文学生活』でさまよい歩く兵士の「一人歩き」について「ラスコルニコフが市場を歩くところの感じを思い出しながら書いた」と語っている。[*7] 一人の兵隊の記憶に戦争以前のドストエフスキイ読みのイメージがこびりついていたのか、事後的に、自らの体験を読み解く作家の作業の中でドストエフスキイが呼び出されてきたのか。いずれにしてもこうして十九世紀ロシアのペテルブルグと二十世紀半ばのフィリピンでの日本兵とが、思いもよらぬ想像力の力によって結び合わされたことになる。そしてこの兵隊は「もし、彼がキリストの変身であるならば」「神に栄えあれ。」と小説を結ぶ。

さて、昭和二十三年八月と九月の「近代文学」に、同人によるドストエフスキイ討論会が記録されている。『悪霊』を中心とした討論会だが、そこで「責任者の報告」として、埴谷雄高は「ドストエフスキイ派《エコール》というものは確かに我国にある」とし、「その根が自らの栄養を吸収し樹幹を成育させるためには、さらに各個人と全社会が大混沌のなかへ投げこまれる戦争という巨大な経間を経過しなければならなかったのである。」と述べて、「嘗て感傷的なヒュマニズムに発足し『地下室』に閉じこもった我国のドストエフスキイ派《エコール》はこの期間を通じてついに問題的たらざるを得なくなったという一事である。彼等は『悪霊』や『カラマゾフ』のドストエフスキイまで成長せざるを得なかった。ということは『悪霊』や『カラマゾフ』が提出した問題を自らの体験に根ざした自らの問題としてさらなる展開へもちきたすべき姿勢をとらざるを得なくなったということと同義語である。」（八月号、十四～十五ページ）と言っている。

おそらくこの問題の立て方は現在から見ても正しい。このドストエフスキイ的問題の内面化という事態は、戦時中のあれこれの体験と直接に結び合わされない形でも、この時期に表現されている。太宰治の『人間失格』が発表されたのは昭和二十三年六月、七月、八月の「展望」だった。子供時代の写真の仮面のような表情、お道化というような出発点から心中、結婚を経て解体していく、という物語には、罪悪感がまとわりついている。この罪の感覚が津軽の大地主の出自、という階層的なものから、また革命運動からの脱落ばかりからくるとは考えられないだろう。人は誰でも罪を背負って生きている。この生きる感覚が普遍的なものへと高められて表現されている。そのことがこの小説の魅力となっていよう。

また、犯人意識、という言葉もあります。自分は、この人間の世の中に於いて、一生その意識に苦しめられながらも、しかし、それは自分の糟糠の妻の如き好伴侶で、そいつと二人きりで侘びしくたわむれているというのも、自分の生きている姿勢の一つだったかも知れないし、〈以下略〉

（六月号、四一ページ）

そこにドストエフスキイの『罪と罰』が姿を現す。

罪と罰、ドストイエフスキイ。ちらとそれが、頭脳の片隅をかすめて通り、はっと思いました。もしも、あのドスト氏が、罪と罰とをシノニムと考えず、アントニムとして置き並べたものとしたら？　罪と罰、絶対に相通ぜざるもの、氷炭相容れざるもの。罪と罰とをアントとして考えたドストの青みどろ、腐った池、乱麻の奥底の、……ああ、わかりかけた、いや、まだ、……などと頭脳に走馬灯がくるくる廻っていた時に、〈以下略〉

（八月号、三九ページ）

太宰にとってドストエフスキイが特別の存在であった、二十回ほどもドストエフスキイについて発言している、ということはこれまでの研究で指摘されるとおりだ。[*8] そしてここにも罪からの救済という問いかけがなされている。

自分には、その白痴か狂人の淫売婦たちに、マリヤの円光を現実に見た夜もあったのです。
（六月号、三九ページ）

これは太宰による聖書読みに源があることは言うまでもないが、同時に『罪と罰』のソーニャという娼婦の無限の愛、ということに接触していることは確かだろう。そしてここでも武田泰淳の場合と同様、救済は拒否される。

昭和二十三年「文学界」六月号で亀井勝一郎は「太宰治論——作家論ノート——」を書き、「彼は津軽のナロードニキなのである。私は全作品のなかに正義派を見る。聖書が、異教的にではあるが、あれほど作品中に用いらるる根本の理由もここにある。彼の作品にはスラヴの匂いがする。大陸への郷愁がある。」（四四ページ）と言っている。たしかに当時の総支配人である大作人と小作人との関係はロシアの管理人と農奴の関係そっくりであるし、地主貴族の子弟が革命運動に入っていく、という構図はロシアのナロードニキ運動に比べられるものだろう。ではロシア正教の信仰は太宰の前には現れなかった、とするのが正しいのだろうか[*9]。

戦後の出発点において日本文学は深くドストエフスキイに浸されていた。日本人はなぜこれほどドストエフスキイが好きなのか、という世界文学上の不思議の一つとも言ってよい謎についてここまで見てきたことを、まとめておきたい。

第一に、戦後日本において十九世紀近代小説の機能が求められた。ドストエフスキイのような十九世紀小説は、世界や民族の歴史のすべてを説明し尽くしてしまおう、という情熱に支えられて書かれた。それは近代という価値転換の時代に文学に求められた機能であり、[*10]ロシアでは特に文学のこうした機能への要求が高かったように思われる。長編小説はこの情熱と要求に支えられて、世界を意味づける大きな物語を提供するところに特色あるいは生命力があろう。虚無と価値喪失の戦後日本において文学のこうした機能が改めて求められた。近代小説を無理やり日本に定着させる努力だった、と平野謙が言っていたことと呼応する。

第二に、とりわけ暴力とそこからの罪の内面化、そしてさらに救済とを描くドストエフスキイが読まれ、特に作品内で引用された。文学外のことだが、日本の文化を《恥の文化》とし、ピューリタン的な《罪の文化》に対照的に論じたルース・ベネディクトの『菊と刀』の翻訳の出るのが昭和二十三年十二月であったことも思い出しておいてよいだろう。

戦争と敗戦という民族と個人の絶望的な体験あるいは罪の意識を文学の世界に捉えこみ、これを表現しようとする瞬間に、ドストエフスキイの小説が呼び出された。そしてドストエフスキイの作品はそれに応える構造を確かに持っている。『カラマーゾフの兄弟』の長老ゾシマは「万人は万人に対して罪がある。」と教える。

第三に、救済が、いったん終末を通っての復活という形で告げられる。全的滅亡を語る『罪と罰』の末尾のラスコーリニコフのシベリアでの夢や、『悪霊』の死者たちが想起される。歴史は直線的に新しい世界へ向かうのではない。それはキリスト教的な歴史観、時間感覚に違いないが、原子爆弾と敗戦によって生み出された日本文学の終末論的感覚、全的滅亡のイメージは黙示録に、そしてまたドストエフスキイの作品に響き合うものであっただろう。

第四に、影響はまずこのように、ドストエフスキイの主人公たちが出会う哲学的、倫理的問題をその同一平面の上で真剣に引き受ける、というものであった。

Ⅱ　《解放の文学》とドストエフスキイ

こうして見てくると、戦後日本文学にはドストエフスキイの影響ばかりがロシアから受け取られたかのような印象になるが、それは正しくない。

いま触れた、『人間失格』を掲載した「展望」の昭和二十三年六月号の編集後記で臼井吉見は次のように言う。

宮木百合子氏と太宰治氏とは、現代文学の二つのタイプの典型であろうと思う。対蹠的なかたちで現れてはいるが、いずれも現代の課題ととりくんでいる。このふたりの作家の一ばんの力作を併載できたことを喜びたい。

この小説『道標』は宮本百合子の代表作『伸子』そして『二つの庭』に続く自伝小説で、「展望」には二十二年十月から連載されて二十五年十二月の第三部まで続いたところで作者の死を迎える。『人間失格』が連載された三ヶ月では、伸子がソ連に滞在して、新たな社会の息吹に触れる、という物語が書かれている。六月号にはちょうどレニングラード（ペテルブルグ）に赴く場面があるが、そこではドストエフスキイの名前はまったく触れられず、そのかわりにスモーリヌィのレーニンの部屋、ゴーリキイへの回想があるばかりだ。「わたしも、ああいう風に咲き揃って、みたいと思うわ。——あの人たちのように……何て人間らしいでしょう。咲きそろうって……」[*11]（六十ページ）

これが戦後日本文学とロシアをつなぐもう一つの姿である。

昭和二十一年十二月に発刊された「ロシヤ文学研究」の第一輯で蔵原惟人は「発刊に際して」と題して次のように書いている。

すべて文学はその民族の生活や精神を最も端的に反映する。ツァリズムの圧制の下にそれと闘いつつ、遂に世界最初の社会主義革命を成就したロシヤ民族の生活と精神はロシヤ文学の中に遺憾なく表現されている。ロシヤ文学を通じてこの生活と精神を学び取ることは民主主義革命の途上にある現代の日本にとって大いに意義あるところである。（七ページ）

敗戦後の日本にとって、ソヴィエト文学は民主主義的な文学としてずっと先のほうに行っている、というイメージがあった。
たとえば昭和二十一年の「近代文学」第二号で中国の『春桃』という小説を論じた文章で、宮本百合子は次のように各国文学の位置関係を論じている。

アメリカの文学は、ブルジョア民主社会内の個性と理性とが進展し得る道行きの様々な経過と摩擦とを鋭く反映している。その意味で、世界的性格を帯びて来ている。ソヴイエト文学は、より先の民主社会の創造力を表現している。（十九ページ）

ここで宮本百合子が頭に置いているのは同じく第三号に続けられた文章で書いているような「ゴーリキイの巨大な懐の中から、夥しい民衆の文学創造力が、かもし出されて今日のソヴイエト文学を、ゆたかならしめている」（三三ページ）ということだ。
昭和二十二年「近代文学」七月号の「サロン」で、中村眞一郎は次のように言っている。

現代の日本文学は、破壊され尽して廃墟となっている。それを再建し、一地方の文学としてでなく、世界文壇の一環として立派なものに育って行くためには、何よりも批評家の活発な仕事が望ましい。〈……〉現在の所、日本の若い作家達には、世界共通の課題に就いて考える、と言う一般的空気が希薄である。〈……〉モスコオやパリやニューヨークや重慶の作家達と対等に仕事が出来るようにするためには、批評家が、第一になすべきことは、眼前の現象を慌しく追うことでなく、内外の古典の再評価と、現代の諸外国の文学の移入とを、我々の立場から徹底的に行うことだ。[*12]

（二十ページ）

Iで述べたこととは対照的に、ソヴィエト文学の陣営からは、ドストエフスキイは攻撃されていく。先に触れた昭和二十一年十二月の「ロシヤ文学研究」第一輯の山村房次「ゴーリキイの『母』への道」では次のように書かれている。

だがドストイェフスキイの場合には人間は多くの場合悪であり、『地下室の存在』であり、『悪霊』であった。そして謙譲で善良な人間は例外的であり、ただ正教の祭壇にぬかづくことによって生まれるのである。この人間にたいする信仰の一さいを奪ったドストイェフスキイの、『人間――それは悪霊であり、地下室の存在である』というテーマにたいして、ゴーリキイは『人間――それは一さいであり、その言葉は誇らかに響く』を対置したことは注目すべきである。

（三六ページ）

昭和二十三年十二月刊行の除村《よけ》吉太郎『ロシヤ文学について』ではこう書かれている。

ドストエフスキーの悪い方面が外国へ伝わり、日本へも伝わりますと、外国でまた反動的なものを助長し、進歩的、民主主義的なものが当然進むべき方向へ進むのを妨げているということ、これは疑いないことであると思います。〈……〉中学を卒業したばかりの人とか、学生諸君は「悪霊」とか「白痴」とか「カラマーゾフの兄弟」は暫く読むのを止めて、「貧しき人々」、「虐げられた人々」あるいは「ニェートチカ・ニェズヴァノーヴァ」、「死の家の記録」など、よい面を余計にもっている作品をまず読むのがよいと思います。*13

たとえば本多秋五はこうした批判を先取りするかのように昭和二十一年四月の「近代文学」第三号「中野重治を囲んで」で言っている。

やはり宿命という問題があると思うのです。それは例えばドストエフスキイをどう評価するかという問題にもなります。現在のように、非常に社会情勢が急激に進んで行く時代に、過去の苦い経験が何時までも忘れられないとか、そこから出て来る特異なテーマに何時までも気を取られているという場合、これを或る意味から言えば非常に反動的でもあるでしょう。しかしまた或る意味から言えば、外部の圧力に対して堪えなければならん状態に人間が置かれた時、そこから絶えず力を汲んで行く源泉にそれがなるとも考えられます。ドストエフスキイはそういうものだと思います。

（四三ページ）

すでに除村吉太郎は「近代文学」昭和二十一年六月の第四号「ロシヤ文学問答」で「反動性が消え去り、立ち遅れが精算されつつあるソヴェートの社会で『静かなるドン』『ピョートル一世』の如きすぐれた作品がつくられています。」（二三ページ）との立場を表明しつつ、ドストエフスキイに触れていた。

我々がロシヤ文学を高く価値づけるのは、それが我々自身の生活を向上させることを、我々の社会をもっとよい、もっと正しい、もっと住みよいものとすることを間接に助けてくれるからでなければなりません。これこそが唯一の正しい観点だと私は思いますが、ロシヤ作家中の或もの、殊にドストエフスキーはこの観点から我々をそらすような要素を多分にもっています。ドストエフスキーの主観にとらわれずに、つまり真の意味の解放を求める人間個性を中心としてドストエフスキーを読むこと――これが最も正しいドストエフスキーの読み方でしょう。

（二二ページ）

では除村が真の解放と言っているのはどんなことだろうか。「真の解放は決して頽廃への耽溺又は宗教への狂信の中にあるのではなく、すべての人間個性に衣食住を完全に保障することの中にこそあるのだ」（同ページ）と言う。ドストエフスキイの作品では、イワン・カラマーゾフの大審問官の側の、人間はパンを求めて生きる、という考え方の側にすっかり立っていると言えるだろう。ドストエフスキイの文学が意識の底へ沈み込み、過去へ、自己の罪の意識へと向かうのに対して、ソヴィエト文学は自己の外部へ、未来へ、新しい社会の建設へと向かう、というふうに言い換えてもよいかもしれない。

この一九四六（昭和二十一）年というのは、ロシア文学の中では悲劇的な年として知られる。すなわち、戦争に勝利したことの喜びもつかのま、新たなイデオロギー的締め付けが開始される。ジダーノフによってアフマートワやゾーシチェンコがコスモポリタニズムとして槍玉に上がっていく。さかのぼれば、ロシア文学は一九三六年頃からのスターリンによる大粛清、ゴーリキイの『母』（一九〇六年）を視範とする社会主義リアリズム論の台頭、というもっとも厳しい、不毛の時代にあり、それが多少とも希望へと変化するのは一九五六年のエレンブルグ作『雪どけ』の時代を待つしかない。

「近代文学」第九号、一九四七（昭和二十二）年二、三月合併号の「同人雑記」に埴谷雄高が書いている。

ケッセルとかサルトルとか、新しいフランス現代作家のものを最近二、三読み、先頃読んだシーモノフとかゴルバートフとかのソ連の新進作家の諸作品と思い較べて、文学の質的低下は世界共通の現象なのかと、やや嘆を久しくした。〈……〉文運盛んなるフランスやロシヤにすらかい間見られる一斑の事象が、玉石混淆というよりむしろ瓦礫時代を通過しつつある吾国の新進作家の傾向とあまり距りなきことは、戦争のもたらす精神的荒廃の深さを偲ばしめる。文学界に原子爆弾が得られるのは、やはり、焼跡が緑地帯へ整理されてからなのであろうか。

（八三ページ）

ソヴィエト文学派からのドストエフスキイ派批判、ドストエフスキイ派からのソヴィエト文学批判という双方の批判を見ることができるが、さらに、このドストエフスキイとソヴィエト文学という二つの極の間に、橋をかけることもまた、模索された時代だった。

本章の最初に述べた埴谷雄高の作品『死霊』もまた、実はそのような作品であった。「ピョートルは現代では自立できるはずだ」という埴谷雄高はたとえば一九七二年の連合赤軍事件に関連しての大江健三郎との対談（後述）で、革命家ピョートル・ヴェルホヴェンスキイを救わなければならない、と創作の動機の一つを語っている。

あのピョートルを救えなければ、ほんとうは革命は救えないのです、永遠に革命は革命の戯画に終わり、十九世紀にあったネチャーエフ事件と同じものを二十世紀も二十一世紀も繰り返す。だから救うべきはピョートルだとぼくは思う。*14

『カラマーゾフの兄弟』のイワンの「大審問官伝説」において、専制あるいは全体主義に対して、精神の自由を対置し、自由な信仰を立脚点として「人はパンのみにて生きるにあらず」と主張したドストエフスキイとはどうしても矛盾していよう。しかし、この時代の動きの中に、こうしたことが広く存在したということも知っておかねばならないだろう。戦後日本の出発点において、ドストエフスキイとソヴィエト文学が反発し合い、競合し、からまりあいながら、日本の表現にある方向性を与えていた。もちろんプルースト、サルトル、ドス・パソス、あるいはジョイスなど、ロシア以外の外国文学の影響と複合的なものである。

この節で見てきたことは二点である。

第一に、戦後日本文学の二つの流れにロシアは関わっており、「ドストエフスキイ」への「ソヴィエト文学」からの攻撃があった。

第二に、「ドストエフスキイ」と「革命」を結びつけようという試みもあった。

Ⅲ　《近代文学》から《現代文学》へ

本章Ⅰで、戦後日本文学へのドストエフスキイの影響が、ドストエフスキイの主人公たちが出会う哲学的、倫理的問題をその同一平面の上で真剣に引き受ける、というものであったと言った。しかし、そうではないものがこの時期にあったことを思い出しておかなくてはならない。

昭和二十一年十月の「新潮」に石川淳の「焼跡のイエス」が発表される。焼跡の市場にカサブタに覆われ、ぼろをまとった少年が姿を現す。

わたしは少年がやはりイエスであって、そしてまたクリストであったことを痛烈に暁った。それならば、これはわたしのために救いのメッセージをもたらして来たものにちがいない。わたしはなに一つ取柄のない卑賤の身だが、それでもなお行きずりに露店の女の足に見とれることができるという俗悪劣等なる性根をわずかに存していたおかげには、さいわい神の御旨にかなって、ここに福音の使者を差遣されたのであろうか。（一〇四ページ）

これは十六世紀の混乱期、スペインのセヴィリヤにイエス・キリストが姿を現す『カラマーゾフの兄弟』のイワンの語る「大審問官伝説」を思わせる場面である。しかし石川淳は大審問官とイエスの間に行われたとされる神学上の問答などまったく扱わない。これはイワンのパロディであろう。石川淳はドストエフスキイの直接的な痕跡を見事に消し去るが、受け取る側にドストエフスキイとの連想が働いたことは、昭和二十三年五月の「新潮」に竹山道雄の「焼跡の審問官」という評論が書かれたことからもうかがえるだろう。竹山によれば、ドストエフスキイの小説でスペインから姿を消したイエスは、日本の焼跡に姿を現した、という。現代の大審問官はイデオロギーを武器としている。ヒトラーしかり、鉄のカーテンの揺れているあたり、しかり、と再び議論になる。

「芥川も、太宰も、不良少年の自殺であった。」坂口安吾は昭和二十三年七月に「新潮」に書いた「不良少年とキリスト」でこのように言う。堕落を言い、人間は生きることが、全部である。死ねば、なくなる。無に帰する。それが人間の義務である、という。無頼派にとってのドストエフスキイというテーマは実は一番魅力のあるものかもしれない。この文章で安吾はドストエフスキイに触れ、「ドストエフスキーとなると、不良少年でも、ガキ大将の腕ッ節があった。奴ぐらいの腕ッ節になると、キリストだの何だのヒキアイに出さぬ。自分がキリストになる。キリストをこしらえやがる。まったく、とうとう、こしらえやがった。アリョーシャという、死の直前に、ようやく、まにあった。そこまでは、シリメツレツであった。不良少年は、シリメツレツだ。」（六二ページ）とまことに興味深いドストエフスキイ観を提示している。

昭和二十四年七月に河出書房から書き下ろし単行本で出された三島由紀夫の『仮面の告白』はこれとは違った角度でドストエフスキイに接触している。ここではエピログラフにドミートリイ・カラマーゾフの美についての意見が次のように引用され、ドストエフスキイとの関わりが強調される。

ああ美か！　その上俺がどうしても我慢できないのは、美しい心と優れた理性を持った立派な人間までが、往々聖母《マドンナ》の理想を抱いて踏み出しながら、結局悪行《ソドム》の理想をもって終わるという事なんだ。いや、まだ恐ろしい事がある。つまり悪行《ソドム》の理想を心に抱いている人間が、同時に聖母《マドンナ》の理想をも否定しないで、まるで純潔な青年時代のように、真底から美しい理想の憧憬を心に燃やしているのだ。

『仮面の告白』にあるのはまず「仮面」ということ、「演技」ということで、それは太宰の事情に通ずるものがあるように思われる。この作品には「地下室」という言葉も出てくる。これは孤独なアウトサイダーの疎外感を描いた、三島の『地下室の手記』あるいは『悪霊』のスタヴローギンの手記といった意味あいもありそうだが、当時の日本の文学界にとって新鮮な衝撃であったことは想像される。この小説にドミートリイ・カラマーゾフの「美」についての言葉が引用されていることは必然性を持っていると考えられる。ソドムの理想を心に抱きながら、聖母の美を描き出していく、という姿勢は、『豊饒の海』での完結にいたるまでの三島のプロセスを、創作の最初期に宣言していたもののように思われる。エピグラフは作品世界を合わせ鏡の中に封じ込める機能を果たしている。外には何もない。この世界は意味づけられない。

このように、「ドストエフスキイ」は戦後日本の《二十世紀的な》小説にも刺激を与えた。

おわりに

本章では、作中でドストエフスキイの名前あるいは彼の小説の登場人物の名前への言及が不思議に多い日本文学の一時期について、目についたものをわずかにまとめてみたに過ぎない。この《ドストエフスキイの時代》の広さと深さを確認するにはまだまだ多様な視点が必要となる。*15

極東国際軍事裁判開廷、日本国憲法公布、「鉄のカーテン」論から米ソの冷戦へ、さらには朝鮮戦争、スターリンの死へと向かう時代の移り変わりの時期を経て、日本文学では安部公房、遠藤周作らが活躍し、次の時代のドストエフスキイ、ロシア文学の読解が続いていくことになる。そして昭和二十六（一九五一）年に黒澤明監督の『白痴』が作られるように、日本文化へのドストエフスキイの影響は文学ジャンルにとどまらないのである。*16

私は二〇〇〇年に行われた国際シンポジウム「ドストエフスキイの目で見た二十一世紀」において「二十世紀後半の日本文学におけるドストエフスキイ」という報告を行った。この報告はモスクワで刊行された論文集に収められている。*17 本稿はその詳論の試みの一つであるが、《ドストエフスキイと戦後日本文化》というテーマの広がりと深さを改めて感じないではいられない。

注

*1　この時代に、ここに取り上げる作家たちがお互いに作品を参照し合っていたことは、次のような文献からもうかがうことができる。すなわち『死霊』連載中の「近代文学」一九四八（昭和二十三）年十月号に武田泰淳の『死霊』論である「〝あっは〟と〝ぷふい〟」が掲載されているのである。なお埴谷雄高『死霊』とドストエフスキイとの関わりに関してはたとえば次の文献にいくつかの興味深い指摘が収められている。白川正芳編『「死霊」論　頭蓋のシムフォニイ』（洋泉社、一九八五年）。また

『死霊』を哲学的に読み解いた注目すべき文献として鹿島徹『埴谷雄高と存在論』(平凡社、二〇〇〇年)があり、そこでは「とりあえず、この用語(バフチンの「ポリフオニー小説」・引用者)をもって埴谷が『極度に相反した論理の巨大な構築』と呼ぶドストエフスキイ小説の特質を射当てる言葉としよう。この特質に基づいて、埴谷はドストエフスキイから小説の方法を学び、そこに自分の進むべき道を見いだしてゆくのである」とされている。

＊2 様式の並存・闘争としてのロシア文学史ということでは、藤沼貴、水野忠夫、井桁貞義編『はじめて学ぶロシア文学史』(ミネルヴァ書房、二〇〇三年)を参照。またこの本の編集方針については井桁貞義「ロシア文学史の新たな試み」(「窓」ナウカ、一二六号、二〇〇三年十月)を参照。

＊3 ドストエフスキイ死後の一八八一年から一九四五年までのドイツ語、フランス語、英語、日本語の翻訳に関しては次のものを参照。新谷敬三郎、柳富子、井桁貞義編「ドストエフスキイ翻訳年表」(「比較文学年誌」第二十四号別冊、一九八八年)。

＊4 小田切秀雄「日本近代文学においてのドストエフスキイ」(『日本近代文学の思想と状況』法政大学出版局、一九七二年)三三七ページ。

＊5 木下豊房「椎名麟三とドストエフスキー」(「ドストエーフスキイ広場」十二号、二〇〇三年)三六ページ参照。

＊6 武田泰淳は昭和四十年、劇団雲『罪と罰』公演パンフレットで「ほんとうはラスコーリニコフはソーニャの膝にすがりついてはいけないと思う」「もし、われわれが今度『罪と罰』を書くとしたら、そこでの問題はいかにしてソーニャを排除するかということだ」と書いている。泰淳は昭和二十七年にやはりドストエフスキイ的な小説と指摘されてきた『風媒花』を書くが、これについては別の機会に譲る。さらに泰淳は「カーニバル的世界感覚」にあふれた長編『富士』(昭和四十一~四十六年)を書くにいたる。これについては次章注15を参照。

＊7 大岡昇平『わが文学生活』(中公文庫、一九八一年)一五五ページ。

＊8　木下豊房『近代日本文学とドストエフスキー』（成文社、一九九三年）二五七ページ。また堤重久「外国文学と太宰」（『京都産業大学論集人文系列』四号、一九七六年）一〇七～八ページを参照。

＊9　太宰の昭和十九年の作品『津軽』では末尾に「たけ」との感動的な出会いの場面が描かれる。「『修治だ、と言われて、あれ、と思ったら、それから、口がきけなくなった。運動会も見えなくなった。三十年ちかく、たけはお前に逢いたくて、逢えるかな、逢えないかな、とそればかり考えて暮らしていたのを、こんなにちゃんと大人になって……』」。ドストエフスキイでは小さい頃の思い出として回想される「百姓マレイ」の純朴な姿を思い起こされる。またこの箇所には現代韓国の若者も惹かれている「東奥日報」二〇〇三年九月八日付け「ひと・十字路」欄で、ソウル市の柳承恵（ユ・スンヘ）氏は「太宰治の研究をしています。小説『津軽』の太宰が小泊村で乳母に再会する場面は感動します」と語る。

＊10　「前世紀には思いもよらぬことであったが、十九世紀の文学は、既存の説明システムのほとんどすべてを関連領域としてとり込み、作品の中に吸収してしまった。文学は、さまざまなシステムが効力の限界に達するところで、必ず独自の解答を提示した。文学からメッセージが求められたのも、ゆえないことではない。」イーザーはこのように十九世紀小説を説明し、二十世紀の立場から反論を加える。「作品は分離独立できるようなメッセージを与えはしない。およそ作品の意味は、論証可能な意味に切りつめることはできないし、〈もの〉のように取り扱えるわけでもない。十九世紀に通用していた規範は、もはやなに一つ機能しない。虚構テキストは、消費し尽くされることを拒絶する。」W・イーザー『行為としての読書』（轡田収訳、岩波書店、一九八二年）九～十ページ。

＊11　宮本百合子は実際にゴーリキイに会っており、そのことは一九三六年八月の「文学案内」に「私の会ったゴーリキイ」というエッセイとして残されている。『宮本百合子全集』第八巻（河出書房、一九五二年）七三ページ。

＊12　この時期、日本に紹介されたソヴィエト文学については『日ソ関係図書総覧』（岩崎学術出版社、一

九六八年）に詳しい。またこの時代のソヴィエト文学の読解に関しては黒田辰男編『世界文学鑑賞辞典ロシア・ソヴェト編』（東京堂出版、一九六二年）によって一端をうかがうことができる。

＊13 除村吉太郎『ロシヤ文学について』（ナウカ社、一九四八年）一一四～一一五ページ。

＊14 埴谷雄高・大江健三郎対談「革命と死と文学」「世界」一九七二年六月（『埴谷雄高ドストエフスキイ全論集』講談社、一九七九年、八七七ページ）。

＊15 この時期に書かれたドストエフスキイについての日本の評論、ドストエフスキイ論の翻訳もまた、さらに重層的に見ていかなくてはならない。このころのドストエフスキイに関する論文については本間暁編「ドストエフスキイ研究年表一八九二～一九五〇」（本間、井桁編『ドストエフスキイ文献集成』第二十二巻、大空社、一九九六年）九二～九七ページを参照。またこの時期に書かれたドストエフスキイに関する書物については井桁貞義「日本のドストエーフスキイ文献解題」（「ソヴェート文学」一九八一年第七十八号）一九一～二〇〇ページを参照。

＊16 黒澤明監督による『白痴』映画化は、本章に述べたような《ドストエフスキイの時代》を背景にしていた。この映画におけるドストエフスキイ的なものと日本文化の結びつきについては次章を参照。

＊17 Садайоси Игэта.Достоевкий в японской литературе второй половины. XX1 век глазами Достоевкого: перспективы человечества.M:Грааль,2002.C.424-432.

第四章　ドストエフスキイと黒澤明――『白痴』をめぐる語らい

I　『白痴』という作品

それは一九七七年のことだった。ようやくにしてその存在を知った国際ドストエフスキイ学会というものに連絡がとれ、この学会が三年ごとにヨーロッパ各地で開催しているシンポジウムの第三回に出席すべく、私はコペンハーゲンに出かけて行った。アジアから初めての、それもただ一人の参加であり、「生きた日本人と話すのは生涯最初」と笑う学者たちがまず切り出してくる話題が、黒澤明監督の『白痴』であった。彼らは、『白痴』についてものを限らず、およそドストエフスキイの作品を映画化したもののうち、黒澤作品が最高と思うがどうか、というのである。[*1]

私が彼らの意見に賛成したのは言うまでもない。

こうした評価が海外で広く見られることはほかの資料からもうかがうことができる。[*2]

黒澤明監督自身、この『白痴』映画化には並々ならぬ意欲をもって臨んだことはよく知られている。*3

ドストエフスキイ作『白痴』は、ロシアのペテルブルグという街を舞台に、地上の知恵とは違う知恵を持った若者を主人公とする、いっぷう変わった恋愛小説である。

小説は一八六八年から「ロシア報知」という雑誌に一年あまりにわたって連載された。

主人公ムィシキン公爵がスイスから四年ぶりで帰って来る。癲癇の治療に行っていたのである。帰りの汽車の中で、商人の息子ロゴージンと向かい合わせになる。ロゴージンは美女ナスターシャに惚れ込んでいた。ムィシキンが訪ねて行ったエパンチン将軍の家にもナスターシャの影が落ちている。ナスターシャは田舎に育ったが、両親が亡くなり、十二歳のときに地主トーツキイに目をつけられ、囲われる身となった。しかしトーツキイは結婚を考え始め、ナスターシャが邪魔になった。そこで高額の持参金をつけてエパンチン将軍の秘書ガーニャに押し付けようとする。今日のナスターシャの名の日の祝いの席で、ナスターシャがこの申し出を受けるかどうか、返事をすることになっている。

エパンチン将軍のはからいでガーニャの家に下宿することになったムィシキン公爵は、そこへ訪ねて来たナスターシャと初めて出会う。そしてガーニャによる頬打ちの場面ののち、晩の祝いに招待を受ける。

祝いの席上、ムィシキン公爵はナスターシャにトーツキイの申し出を断るように助言し、純潔なままのナスターシャを自分が引き取ると言う。この直後、ムィシキンには莫大な遺産が入る、ということも判明する。しかしナスターシャは金を持って現れたロゴージンを引き連れて姿を消す。

ムィシキンはナスターシャに惹かれながらも、彼女と対照的に明るい存在、エパンチン将軍の三女アグラーヤを思って手紙を出す。この二人の間にも恋愛に似た感情が通い合う。

ナスターシャは子供のような心を持ったムィシキンに惹かれながら、自分を罪深い女性と感じて身を任すことができない。彼女はアグラーヤに、ムィシキンとの結婚を勧める手紙を出したりする。アグラーヤはムィシキンを愛しながら、ナスターシャの存在を忘れることができない。ロゴージンの立会いのもとで、ムィシキンを挟んだ二人の女性の対決が行われる。ムィシキンは哀れみからナスターシャを選び、傷ついたアグラーヤは一人外へ駆け出して行く。

ムィシキンとロゴージンの間に引き裂かれたナスターシャは、ムィシキンとの結婚式の寸前に群集の中のロゴージンの腕の中に身を投ずる。

翌日ロゴージンの部屋に導かれたムィシキンは、そこにナスターシャの裸の遺体を発見する。ムィシキンとロゴージンは死せるナスターシャのもとで一夜を明かす。ロゴージンは狂気に陥り、ムィシキンは回復の見通しのない精神の病に冒される――

ドストエフスキイはこの小説で、「完全に素晴らしい人間」を描きたかった、とされる。[*4] この目論見が成功しているかどうか、現在に至るまで賛否両論がある。[*5]

黒澤明監督は、この十九世紀ロシアを舞台にした物語を、すっかり第二次大戦後の日本、北海道に移し変えて撮影している。四人の登場人物の配役は次のとおりで、日本の名前がつけられている。

（　）内に俳優名を記す。

ムィシキン＝亀田欽司（森雅之）、ナスターシャ＝那須妙子（原節子）、ロゴージン＝赤間伝吉（三船敏郎）、アグラーヤ＝大野綾子（久我美子）。

映画の冒頭、亀田と赤間が札幌駅に着く場面でロシア語の歌「鐘の音は単調に鳴る」がバックに使われ、ロシア文化が源泉にあることが強調されている。一方、エパンチン家（大野家）の三姉妹（ドストエフスキイ研究ではギリシャ神話の三美神が原型だろうと指摘されている）が二人の姉妹に変えられており、またガーニャの父親の窃盗事件や、死んでゆく若者イッポリートの悲痛な手記の朗読など、原作ではかなりの頁数を割いて語られるエピソードが、映画では大きく削られている。[*6]

映画は最初、四時間二十五分にもなる長い作品だったが、配給会社から短縮が求められ、現在の、二時間四十六分という形になったもので、[*7]物語をつなぐための説明が入ったりしている。もとのフィルムは残っていないというのが定説で、残念ながら黒澤監督の『白痴』を論じるには、現在ある形を対象にするしかない。むしろ、原作の主要な筋はしっかりと残されている、と言うべきなのかもしれない。

Ⅱ　「カーニバル的世界感覚」

錯綜した筋の原作を単純化して提示する、ということは、文学作品を映画化する場合によく見られることである。これとは逆に、黒澤版『白痴』では原作には存在しない場面が創り出されており、注目される。

那須妙子が赤間たちと姿を消し、亀田と綾子の間に恋愛のようなものが進行している時期のことである。シナリオによれば、「後篇／シーン31　中島公園（夜）」で、

拡声器から流れ出るフル・ヴォリュームのアンピル・コーラス。
銀盤の上をさまざまに仮装し、マスクで顔をかくした一団が手に手に松明をかかげて、なにか焔の流れの様に滑走している。キーッという、エッジが氷を切る音。昂奮した笑い声！　喚き声！　爆竹の音！　飛び散る松明の火の子！　フライヤーの尖光と煙り！　流星の様な花火！[*8]

こうした氷上のカーニバルの場面は原作には存在しない。[*9]
ところで、「カーニバル」の文化的価値とはどのようなものであろうか？
ソ連時代に生きた人文学者ミハイル・バフチンは次のように言う。

カーニバルとはフットライトもなければ役者と観客の区別もない見せ物である。カーニバルでは全員が主役であり、全員がカーニバルという劇の登場人物である。カーニバルは鑑賞するものでもないし、厳密に言って演ずるものでさえなく、生きられるものである。

カーニバルの法則が効力を持つ間、人々はそれに従って生きる、つまりカーニバル的生を生きるのである。カーニバル的生とは通常の軌道を逸脱した生であり、何らかの意味で《裏返しにされた生》《あべこべの世界》（monde â l'envers）である。[*10]

それではカーニバル的世界感覚の中で、たとえば「火」はどのような役割を演ずるのであろうか？　このことについてバフチンは言う。

深く両義的なのがカーニバルの火のイメージである。それは世界を滅ぼすと同時に新たに蘇らせる火である。ヨーロッパのカーニバルにはほとんど常に《地獄》と呼ばれる特殊な仕掛（たいていは荷馬車にありとあらゆるカーニバル流のがらくたを積み込んだもの）が登場し、その《地獄》が祭の最後に盛大に燃やされた（時にカーニバルの《地獄》は豊饒の角とアンビヴァレントに結びついた）。[*11]

バフチンによれば、ドストエフスキイの作品は死と再生のパトスを基礎とした祝祭的空間であり、そこでは痴愚と叡智、王と乞食、天使と悪魔などの文化的対立物が日常の秩序を超えて激しく衝突する、という。

黒澤明監督が映画制作の時点で、バフチンのこうした議論を知っていた可能性はない。バフチンの『ドストエフスキーの詩学』は『ドストエフスキイの創作』と題された第一版（一九二九年に書かれたもの）の改訂版として書かれており、ようやく一九六三年にソ連で出版された。この第二版に「第四章　ドストエフスキーの作品のジャンルおよびプロット構成の諸特徴」が設けられ、そこで初めて「カーニバル論」が語られるのだ。この一九六三年版が新谷敬三郎氏の手で日本に翻訳、紹介されるのは一九六八年のことである。[*12]

おそらく、黒澤監督は直感に導かれ、ドストエフスキイの「カーニバル的世界感覚」を鋭く感じて、映画化に際して、この感覚を表現するために、原作にはない氷上のカーニバルの場面を挿入したのであろう。

ソ連という、人文学にとって厳しい時代に、孤立してカーニバル論を書き続けていたバフチンと、一九五一年という戦後の日本で[*13]《美しい人》を描こうとした黒澤明監督とは、おそらくはほぼ同時代に、並行してカーニバルということを考えていた。ドストエフスキイとバフチンをつなぐヨーロッパ世界の文化価値を、黒澤明は、言語と文化、さらにジャンルの境界を越えて、見事に移し得たのである。

今はこうした「カーニバル」のシーンが具体的に現れている場面のみを取り上げてきたが、バフチンはカーニバルの文化の要素としてさらに「王の戴冠と奪冠」「笑い」「全民衆のための広場」などを挙げている。あるいは『白痴』に限らず、黒澤作品の全体に「カーニバル的世界感覚」が貫流していると言うべきなのかもしれない。

もう一つ問題がある。バフチンによれば多種混合の見せ物であるカーニバルの形式は「非常に多種多様で、一つのカーニバル的基盤を共有しているにも関わらず、時代、民族、個々の祝祭によって様々なバリエーションとニュアンスの違いがある」という。*14

黒澤監督がドストエフスキイの世界を日本の文化の土壌に移し得たとして、ではそれを支えた日本文化の土壌に、どんな「カーニバル」の伝統があるのだろうか？*15

Ⅲ　三角形の構図

映画「白痴」の冒頭、亀田と赤間が札幌の駅に降り立つとすぐに、写真館のウインドウに飾られている那須妙子の写真の前で語り合う。「前篇／シーン8　或る写真館の前」である。

赤間「ここだ。ここだ。……おい、これを見ろ！」（八十ページ）

と、ウインドウに飾ってある一枚の写真の前に立たせる。

黒っぽいドレスに身をつつみ、眼元に不思議な笑みをたたえた、二十五、六歳の女の半身像である。亀田、吸い寄せられたようにその前に立って、凝視する。

赤間「どうだ。これが、さっき話した那須妙子って女だよ」

亀田はそこに釘付けになったまま、襟首に雪が吹きこむのも忘れて見とれる。

この場面での二人のやりとりは、「一枚の写真を中にしてウインドウのガラスに映ったままの会話である」（三四七ページ）とされている。那須妙子の写真の顔を頂点にして亀田と赤間の顔が二等辺三角形の底に映るのである。

この象徴的場面についてはこれまでもさまざまな解釈がなされてきた。[*16]

私はこうした三角形の構図が、映画全体にわたって維持されていくことに注意を向けたい。『白痴』はムィシキン、ナスターシャ、ロゴージン、アグラーヤという四人の主要人物が絡み合う物語である。しかしクライマックスの四人の対決の場面においてさえ、入れ替わりながら、画面は三人の姿として描かれることが多い。これはどういうことだろうか。

フランスの批評家ルネ・ジラールによれば、人の欲望は自発的に対象に単純な直線で向かうのではない。

一見、直線的に見える欲望の上には、主体と対象に同時に光を放射している媒体が存在するのである。こうした三重の関係を表現するにふさわしい立体的な譬喩といえば、あきらかに三角形である。事柄に応じて対象は変わるけれども、こうした三角形は依然として変わることがない。[*17]

つまりヒーローがライバルと同一化して、その欲望を模倣する。この同一化が欲望に先立つのであり、対立、競争を生む欲望の源となる、というのである。

媒体の幻惑力は、欲望される対象に伝達されて、それに架空の価値を賦与する。三角形を成す欲望は、対象を変貌させる欲望である。[*18]

こうした関係を解き明かす作品をジラールはロマネスクな作品と呼ぶ。そしてドストエフスキイの『白痴』はまさにロマネスクな文学作品であるという。

たとえば、とジラールは言う。

『白痴』の中のナスターシャ・フィリポーヴナがアグラーヤに送った気違いじみた追従の言葉は、プルーストの手紙〔媒体へ手紙を書こうとする誘惑・引用者注〕と同じ欲望の三角形の中にすっぽりあてはまる。[*19]

ナスターシャの欲望はアグラーヤという媒体を通してムィシキンに向かう。アグラーヤの欲望はナスターシャという存在を媒介としてムィシキンに向かう。ロゴージンの欲望は最初はガーニャを通して、そして最後にはムィシキンというライバルを通してナスターシャに向かう。

ジラールは、「神の如き自我」による「無からの創造」という欲望の考え方を批判し、「小説家の根本的関心は作中人物の創造ではない。形而上的欲望の解明なのである」と言う。[*20] ジラールの『欲望の現象学』が書かれたのは一九六一年であり、翻訳は一九七一年に出ている。

ここでもまた黒澤監督はヨーロッパの批評家に先行して、立体的な〈欲望の三角形〉の構造を、画面上に三人の顔を映し出す不断の構造によって見事に視覚化し、解明してみせた。ジラールの言葉を借りるなら、黒澤版『白痴』もまたロマネスクな作品と呼ぶことができよう。

Ⅳ　聖書的磁場と日本文化

「羊の子」

ここまでは黒澤明監督『白痴』の普遍性という視点から分析を加えてきた。しかし文化の《境界》を越えられないシンボルやメタファーもまたあるに違いない。

原作の『白痴』は、ドストエフスキイ後期長編小説がすべてそうであるように、聖書の世界を下敷きに書かれている。小説の冒頭、ムィシキン公爵はエパンチン将軍夫人と三人の娘たちにスイスでの体験を語って聞かせる。ロバの声を聞いた瞬間に頭が澄み渡ったこと（ロバはキリストのシンボルである。「マタイによる福音書」第二十一章五－九節）、子供たちに囲まれて暮らしたこと（天の国は子供たちのためにある。「マタイによる福音書」十九章十三－十五節）、マリーという哀れな境遇の娘を救済したこと（罪の女の赦し。「ルカによる福音書」第七章三十七－三十八節）。そして今日、ナスターシャの二十五歳の名の日の祝いであること（ある婦人がキリストに十二年間の病を治してもらったこと。「マルコによる福音書」第五章二十五－三十四節）。これらはすべて『新約聖書』のイエスについての記述に基づいている。[*21] つまり小説は、スイスという《聖書的磁場》では成就した救済が、ペテルブルグという《地上》において成就するか、という、同心円を描く二重のプロットの照応関係の中で進行するのである。

しかし、この構造はキリスト教的文化の根付いていない日本の観客には機能しない。

では黒澤監督は、キリスト教の世界をどのように変えただろうか？

さきほどの札幌駅頭の写真館の前を離れる時、赤間は亀田に言う。

「お前って奴ア……全く妙な人間だなア……。どういう訳だか、俺に変な気おこさせるぜ。……お前を見てると、なんだか、生れたての羊の子見てる時のような、やさしい気持になりやがる……」

（八一ページ）

この「羊の子」という表現は、原作の駅頭の別れの場面にはないが、香山（原作のガーニャ）が亀田の頬を打った場面でも（これは原作にもある場面で、「誰かがあなたの右の頬を打つなら、左の頬をも向けなさい」「マタイによる福音書」第五章三十九節という聖書が想起されている）、居合わせた赤間によって繰り返される。

「て、手前、よくもまア恥かしくもなく……こ、こんな……羊ッ子を……」（九七ページ）

原作でもこの場面に「羊の子」という表現がある。

映画においても「羊」という言葉が意識的に使われていることが見て取れる。聖書ではキリストは「世の罪を取り除く神の子羊」（「ヨハネによる福音書」第一章二十九節）、「屠られた子羊」（「ヨハネの黙示録」第五章十二節）と呼ばれる。

羊というメタファーは、聖書を知らない日本の観客にも感覚的に受け入れられる、と黒澤監督は考えたのであろう。

「十字架の交換」

原作では、ムィシキンへの嫉妬から殺意を抱くにいたったロゴージンが、その殺意を消すべく、十字架の交換という儀式を求める。

「その、兵隊から買ったっていう十字架は今もかけているのかい？」

「ええ、付けていますよ」

そう言って公爵は再び立ち止まった。

「こっちに見せてくれよ」

またまた変な話だ！　彼はちょっと考えてから階段を昇って行き、自分の十字架を首から外さずに取り出して見せた。

「俺にくれよ！」ロゴージンは言った。

「どうして？　まさかきみ……」

公爵はこの十字架を手放したくないのだった。

「俺が付ける。で、俺のを外すから、お前付けてくれ」

「十字架の交換をしたいんだね？　いいとも、パルフョーン、それなら嬉しいよ。兄弟の契りを結ぼう[*22]！」


このようなロシアの信仰者の風習を、日本の観客を相手にした映画に、どのように移し変えることができるだろうか？

黒澤監督は次のような興味深い工夫をしている。

「後編／シーン16　渡り廊下」の場面で、澄んだ鐘の音をバックに交わされる会話である。

赤間が「俺ア子供の時にゃよく仏様を拝まされたよ……お袋があれだからね……何時でもお守り持たされてた……もっとも今でも財布ン中に入ってることは入ってるが……」と言うのに対して、

亀田は「僕も、お守りみたいなものはあるよ……ただの石だけど」と応える。それは死刑になりそうになったショックで発作を起こした時につかんでいた石である。このお守りと石とを交換する、というように変えたのだった。


亀田（嬉しそうに笑う）「ハハハ……お守りの取りかえっこかい……子供の時、仲のいい友とそんな事をしたおぼえがあるよ」

赤間、笑わない。札入をとり出すと、その中から古ぼけた金襴のお守りを出して、亀田に差し出す。亀田、石を差し出す。二人、交換する。鐘の音――まだ続いている。

赤間（先に立って歩き出しながら）「来な……お袋のとこでお茶でも飲もう」

（一一六～一一七ページ）


続くシーン17「仏間」ではニコニコと笑う赤間の母親が姿を現す。その「母なるもの」のイメージは原作のロゴージンの母親に通じるものがある。

黒澤監督は舞台を日本に移した時、十字架交換をお守りと石との交換に変えた。またキリスト教を下敷きにした宗教的な場面を、仏教を暗示する「鐘の音」という手法で処理している。これは成功しているだろうか。

「虹色の雲」

日本人の宗教感覚へのこのような接近は、映画終幕の赤間の狂気の描写に再び現れてくる。ここでも鐘の音が鳴る。

那須妙子の遺体の傍らで、亀田と赤間は夜を明かす。「後篇／シーン67」である。

二人は薄明りの中で、相変わらず毛布にくるまり、ぴったり寄り添って宙を見つめている。

〈……〉母屋の方から、赤間の母の勤行が聞えて来る。チーン！　チーン！　凍てついた空気をふるわして、頭にしみ渡るように響いて来る。その鐘の音——

急に、赤間が変に乾いた声でカラカラと笑い出す。

「ハハハ……うわ、凄え！　……おい、見ろ！　……あの雲！　……虹みてえな色してるぜ！　……ハハ……変に光ってやがる！　……あ、やって来る。やって来る！　……すッ飛んで来やがる！　あ、あッ！　あいつが乗ってるぞ！　笑ってる！　笑ってる！　……ハハ……う？　おふくろも居らあ！　……ハハハ……来た……来た！　来た！　来た！　……おい、早く乗れ！　早く！」（一四三ページ）

実は原作では、この明け方の箇所には「虹色の雲」のことはまったく書かれていない。原文はただこう書かれているだけである。「と、だしぬけにロゴージンは大声で、きれぎれに叫び始め、カラカラと高笑いを始めた」。「時が過ぎ、夜が次第に白み始めた。ロゴージンはほんの時たま、不意に大声で、鋭く、きれぎれに何か叫び声を上げた。叫んでは、笑い声を立てた。公爵はそんなとき、震える手を差し伸べて、彼の頭に、髪にさわり、髪や頬をなでるのだった……それよりほかに彼にできることは何もなかった！」*23

このように、原作には「虹のような雲」のことは一言も書かれてはいない。これもまた、黒澤監督が付け加えた新しいメッセージだ。

それでは、鐘の音に重なって語られるこの不思議な夢から、日本の観客は、何を連想するだろうか？　観音菩薩の来臨だろうか？　当時の物言わぬ多くの観客（黒澤監督は先のインタビューで次のように言っている。「僕に来る一般の読者の投書はあの作品が一番多いんです。あだやおろそかじゃお客さんはこれだけの反応を示してはくれませんよ。僕はそういうお客を信用するね。お客はちゃんとあの白痴にうたれているのですよ。日本映画の新しいメロドラマの系列がここから出直せるという僕の考えは判ってくれたと思うのです。」）は、ここで曼荼羅の世界を思い出さなかっただろうか。現在の私たちなら、黒澤明の『夢』のプロローグ「日照り雨」の「虹」を、この監督の原風景のように想起することができるのかもしれない。

黒澤の『白痴』の中の仏教的モチーフについては外からの視線を借りることもできる。

ポーランドの研究者ハラツィニスカ＝ヴェルテリャクはメイエルホリドの《創造的裏切り》という術語を使って、赤間による母と亀田の引き合わせの場面をこう解読している。

部屋の中央に安置された仏陀の像は祭壇を連想させる。ロゴージン（赤間）の母親はおそらく座禅しており、ニルヴァーナ（涅槃）の時空間にあって、前もって罪の苦しみを取り去っている。こうして茶の湯ばかりでなく小説の基本的なイデアのアクセントをずらしているのだ。[*24]
あるいは日本の観客にとっては、この場面で鳴る単調な鐘の音は、むしろ奇異に感じられるだろうか。

おわりに

ここで思い出しておこう。聖書には〈救済するキリスト〉とともに〈生贄になるキリスト〉が描かれている。『旧約聖書』の世界だが、「イザヤ書」にはイエス・キリストの予表が次のように書かれている。

彼はしえたげられ、苦しめられたけれども、／口を開かなかった。／ほふり場にひかれて行く小羊のように、／また毛を切る者の前に黙っている羊のように、／口を開かなかった。／彼は暴虐なさばきによって取り去られた。／その代の人のうち、だれが思ったであろうか、／彼はわが民のとがのために打たれて、／生けるものの地から断たれたのだと

（「イザヤ書」第五十三章五－八節）

黒澤監督はドストエフスキイ作『白痴』の終幕に、キリスト教の世界を、また大きな意味での宗教的なものを感じ取り、わずかに暗示にとどめながらも、原作の感触を日本の観客に伝えようとしているのではなかろうか。すくなくとも、黒澤監督は、「だれも自分を欺いてはなりません。もし、あなたがたのだれかが、自分はこの世で知恵のある者だと考えているなら、本当に知恵のある者となるために愚かな者になりなさい。この世の知恵は、神の前では愚かなものだからです」という「コリントの信徒への手紙一」（第三章十八－十九節）に近いヴィジョンを持っていたように思われる。*25

注

*1　井桁貞義「ドストエーフスキイの〈世界感覚〉」『全集　黒澤明』第三巻（以下『全集』第三巻と略記する）「月報三」（岩波書店、一九八八年）所収を参照。黒澤明監督の『白痴』の日本封切は一九五一年五月二十三日。なおロシアでは二〇〇二年にエウゲーニイ・ミローノフ主演、ウラジーミル・ボルトコ監督によって新たな『白痴』映画化がなされ、原作にきわめて忠実な、五十分ずつ全十篇からなる作品は大きな話題を呼んだ。

*2　たとえばソ連のグリゴーリー・コジンツェフは言う。「黒澤明の『白痴』は……古典を映画に再現

した奇蹟である。ドストエフスキーの一行一行が蘇り、繊細な言葉の使い方が具体化した。黒澤はドストエフスキーが執拗に書き綴った〝幻想的リアリズム〟を画面に表現することに成功している」（『黒澤明の全貌』財団法人現代演劇協会、一九八三年、六三ページ）。また、同じくソ連のセルゲイ・ユトケーヴィチ監督は「外国小説を題材としているにもかかわらず、単なるエキゾチズムに気をとられず、原作を大胆に改変しながらも原作者の精神を生かし、舞台を日本にうつすことに成功した。その才能と大胆さには全く驚異を表し、ドストエフスキーの困難な心理描写を正しくスクリーン上に表現している」と言う（同書、六二〜六三ページ）。

これに対して、日本では『白痴』が封切られると「批評家は一斉に口をそろえて失敗作だと決めつけた」（都築政昭『黒澤明（下）』インタナル出版部、一九七六年、一三四ページ）という。当時の日本の批評については岩本憲児「批評史ノート」（『全集』第三巻、三二五〜三二六ページ）に詳しい。

なお脚本は久板栄二郎との共同となっているが、ここでは黒澤明の作品として扱う。久板へのインタビューによれば「黒澤さんはドストエフスキーが好きで、『白痴』などは何度も読んでいた」。「ぼくは骨格だけをとって日本的にやればいいんだくらいに考えていたのですが、黒澤さんはあくまで原作を生かすような方向でいきたいという」。「いっしょに書きました。その場で同じところを二人で考えながらやりました」。「黒澤さんは男臭い、強烈な人ですから、こちらは細くなって書いていた（笑）」（『黒澤明集成Ⅱ』キネマ旬報社、一九九一年、六九〜七二ページ）。同じインタビューで、黒澤はドストエフスキーの『虐げられた人々』の映画化の意図を持っていたが「実現しなかった。あの中の人物の一人は『赤ひげ』の二木てるみ君になって生きている」という（七二ページ）。久板栄二郎は左翼劇作家として知られ、一八九八年生まれ、一九七六年没。

＊3　「全自作を語る」で黒澤は言う。「これは実は『羅生門』の前からやろうときめてた。ドストエフスキーは若い頃から熱心に読んで、どうしても一度はやりたかった。もちろん僕などドストエフスキーとはケタがちがうけど、作家として一番好きなのはドストエフスキーですね。生きて行く上につっか

え棒になることを書いてくれてる人です」（『世界の映画作家3／黒澤明』キネマ旬報社、一九七〇年、一二二ページ）

＊4　ドストエフスキイの書簡一八六八年一月一日付けによる。次章を参照。

＊5　詳しくは次章を参照。

＊6　日本ロシア文学会二〇〇三年度研究発表会における岡本法子の「ドストエフスキイ『白痴』における二つの筋について」参照。脇役の展開するエピソードは主に金銭の問題を媒体として信仰や道徳規範が失われつつある社会を炙り出す、と指摘されている。

＊7　「ラッシュでは五時間か六時間ありました」『全集』第三巻、三五三ページ。「もっと短くしろという会社の要求に、黒沢明が、これ以上切るならフィルムを縦に切れ、と答えたエピソードは有名である。こうした無理なカットが行われたために、撮影されてあるシークエンスがそっくりカットされて、その部分のストーリーは字幕で補われているところもある」（佐藤忠男『黒沢明の世界』三一書房、一九六九年、一五六ページ）。なお熊井啓は、完全ポジが日本の某所にあることを確認した、という重要な証言を残している（「追悼　黒澤明」「キネマ旬報」一九九八年十月下旬秋の特別号、八三ページ）。

＊8　『全集』第三巻一二四〜一二五ページ。この全集収録のシナリオについて黒澤は次のように書いている。「シナリオは映画の原作であると考えて、それが出来た段階のままで収録し、特に重要な意味を持つ大きな変更部分のみ注をつけて巻末に掲載する事とした」。『全集』第一巻（岩波書店、一九八七年）巻頭の「シナリオと映画」による。本論文に引用する箇所には大きな変更はない（以下このシナリオからの引用はページ数のみを記す）。

＊9　『白痴』の世界をゴシックと捉えるロシアの研究者ヴラーソフは氷上のカーニバルの挿入について次のように言う。

「文学テクストの詩学の基本的原理が把握されていれば、映画監督はその原理の上に立ち、作家が書かなかった監督独自の場面を構築することができる。原理が正しく守られていれば、独自の場面はもとの文学作品と異質なものとは感知されない。映画『白痴』の《ゴシック的な》中心場面は氷上の仮面舞踏会のエピソードであるが、これは原作には存在しない。しかし《カーニバルの》精神において原作にきわめて近いものである。仮面をつけた人々のスピード感あふれる輪舞の動き、暗闇の中で松明を掲げた人々は閉所恐怖症的な、神秘と恐怖に満ちた雰囲気を醸成する。仮面の大部分は不吉なもの、恐ろしいものであり、死の衣装をまとった人物がカメラの前を幾度も通り過ぎる。ゴシックの城館の雰囲気はさらに香山の弟、薫が道化の服を着て綾子に秘密の知らせをもたらすことで高まっていく」

Э.В.Власов.Притяжение готики: структура кинематографического хронотопа в экранизации Акиры Куросавы романа《Идиот》//21век глазами Достоевского:перспективы человечества.М.:Грааль,2002.С.460–461.

＊10 M.Бахтин Проблемы поэтики Достоевского.М.:Советский писатель,1963.С.163–164.『ドストエフスキーの詩学』望月哲男、鈴木淳一訳、ちくま学芸文庫、一九九五年、二四八ページ)

＊11 同書、二五四〜二五五ページ。

＊12 ミハイル・バフチン『ドストエフスキイ論』(新谷敬三郎訳、冬樹社、一九六八年)。

＊13 『白痴』の翻訳テキストとしては、河出書房版『ドストエーフスキイ全集』全四十三巻、一九四六〜一九五一年所収の米川正夫訳が当時の最新訳だった。『白痴』は四分冊で一九四八年十二月から四九年八月にかけて創作ノートの部分訳付きで出された。この全集が出版された敗戦後から数年間は、日本文学に《ドストエフスキイの時代》とも言うべき時代が訪れ、多くの作家がドストエフスキイや彼の作品の登場人物の名前を作品中で直接、間接にたびたび言及していた(このことについては本書第三章を参照)。黒澤の『白痴』映画化はそのような時代背景を持っていた。

＊14 前掲『ドストエフスキーの詩学』二四八ページ。

＊15 前章でも述べたように、日本文学の中で最もカーニバル的な作品の一つとして武田泰淳『富士』があるだろう。こちらはしかし、作者がバフチンの論考をあらかじめ知っていた可能性もある。『富士』のカーニバル的世界感覚については井桁貞義『ドストエフスキイ・言葉の生命』(群像社、二〇〇三

年）第五部第三章「武田泰淳『富士』とカーニバル」を参照。

＊16　この男性が女性を仰ぎ見る構図をフェミニズムの表現とみて「このような明けっぴろげなフェミニズムも、日本の社会では不自然なものである」と批評する向きもある（佐藤忠男『黒沢明の世界』一五九ページ）。私などはロシア語の歌との連想で、ロシアのイコン画家アンドレイ・ルブリョフの『聖三位一体』像を想起するのだが。あるいは十字架上のキリスト（生贄の子羊＝ナスターシャ）を見上げる構図のようにも感じられる。

＊17　ルネ・ジラール『欲望の現象学』（古田幸男訳、法政大学出版局、一九七一年）二ページ。

＊18　同書、十八ページ。

＊19　同書、七八ページ。

＊20　同書、一八三ページ。

＊21　詳しくは前掲『ドストエフスキイ・言葉の生命』第一部第二章「聖書劇としての『白痴』」を参照。

＊22　Полное собрание сочинений Ф.М.Достоевского в 30 томах.Л.:Наука,1973.Т.8,С.184.　なお夫人アンナの回想によればドストエフスキイは『罪と罰』執筆中にセンナヤ広場付近で実際に酔った兵隊から錫製の十字架を買い、大切にしていたという。Т.9.С.441.

＊23　Полное собрание сочинений Ф.М.Достоевского.Т.8,С.505.

＊24　Г.Халапиньска-Вертеляк.Ипостаси харизмы в художественных мирах Достоевского,Вайды,Куросавы//21 век глазамы Достоевского:перспективы человечества.С.174.　この研究者によれば黒澤によるドストエフスキイ読解は、キリスト教的な罪の枠を超えており（文化的コードの転換）、ヨーロッパ人のメンタリティを今もって規定している《悲劇的文化》を捉え直すことを迫っている、という。

＊25　日本の創作者は「一つの単純で清浄な男が世の不信懐疑の中で無慙に滅びていく痛ましい記録」（映画『白痴』の最初のタイトルによる紹介）に心を引かれるのだろうか。私がここで思い出すのは『おバカさん』を書いた遠藤周作のことである（次章を参照）。

第三部　現代日本のドストエフスキイ

第五章　『白痴』と「無力なイエス」――遠藤周作の読みを中心として

Ⅰ　『白痴』の創作過程

「いったいぜんたい、どういうものを送ったのか、ぼく自身まるで分かっていないのです」――『白痴』の最初の原稿（現在の第一部一章から五章）を送った直後に、ドストエフスキイはアポロン・マイコフ宛の手紙（一八六七年十二月三十一日付。本章では露暦を使用）でそう書いている。[*1]『白痴』はいくつもの決断、分岐点を越えて成立した小説である。全編が外国で書かれ、賭博癖は治まらず、新しい妻と生まれてくる子供（男の子なら「ミーシャ」、女の子なら「ソーニャ」と決めていた。『白痴』執筆中の一八六八年二月二十二日ソーニャ誕生。五月十二日死亡）の支度を含む生活費に追われ、雑誌「ロシア報知」の編集人カトコフにわずかの望みをつないでいた。長編を連載し、やがてその単行本で儲けること。『罪と罰』で成功した方法がドストエフスキイ夫妻の念頭にはあった。

『白痴』の最初のメモは一八六七年九月上旬に書きとめられている。最初の構想は『罪と罰』に使ったのと同じ創作ノートに書き込まれたが、その日付に従えば九月十四日、妻アンナの日記によれば九月十九日。妻アンナはドストエフスキイに知られないようにこっそりと創作ノートを覗いていた。[*2]『日記』からも、『回想のドストエフスキー』[*3]によっても、この時期、作家が苦吟していたことが知られる。それでも「ロシア報知」の一八六八年一月号から連載を始めるのが有利で、その年に終えたい。それが当時のしきたりだったらしく、『罪と罰』は一八六六年の十二月号になんとか間にあっている（発行は一八六七年二月十四日）。だが『白痴』では最終的に二人の女性の対決の部分がこぼれてしまう。

一八六七年の九月から十一月に構想された『白痴』の第一バージョンは、一種の家庭劇であった。ペテルブルグに帰ってきた零落した地主の貴族の物語。主人は外国から一文無しで帰った。この父と母はうぬぼれ屋で傲慢、娘のいいなずけを当てにしている。または叔父を。これは引きこもってしまった高利貸しで詩情も解するタイプ。娘のマーシャはピアノの教師をしている。愚かで残酷なブルジョワ。彼女のいいなずけは質を取って金を貸している。家族には二人の息子がいる。上の息子は母に尊敬されている美青年。この息子にはキリストのイメージが付される。下の息子は愛されておらず、癲癇を病み、虐げられ、同時に傲慢で自尊心が強く、熱情を持つ、母親から「白痴」と名づけられている。この息子は働いていて、家庭を持っている。彼らとともに養子がいる。母の妹のまま娘。とりあえずミニオンと呼ばれるが、当時ロシア・ジャーナリズムで話題となっていたオリガ・ウメーツカヤ（虐待を受け、自分の家に四度放火した少女）の名前とも結合。後のナスターシャ・フィリッポヴナにもつながる。「白痴」と呼ばれる男は家の外に出され、無視されてきた。やがて「白痴」はスイスから戻ってくる。家族に復讐するために。ウメーツカヤの家庭教師にナスターシャ・フィリッポヴナがいる。「白痴」は無限の自尊心から一家を支配しようとする。そのうち、「白痴」に妻がいること、ペテルブルグに「白痴」の息子がいることが判明する……曲折を経ながら、小説構想はほぼこのような方向に展開していく。*4「白痴」の情熱は激しいもので、愛を要求する心は燃えるようだ。傲慢さは度を超えており、この傲慢さのゆえに自己を制御し自己に打ち勝とうと欲する。屈辱の中に快楽を見出す。彼を知らない者は嘲り笑い、知っている者は恐れ始める。*5

この「白痴」の人物像は『地下室の手記』『罪と罰』『悪霊』の主人公のラインである。「白痴」という設定については、『罪と罰』の光源（聖書、十字架、襟）であるリザヴェータが「白痴の女性」とされていたことを思い出そう。*6

『罪と罰』の末尾に「しかし、そこには新しい物語が、人間が次第に新しくなっていく物語が始まっている」と書かれていたとしても、もちろん今度の長編が、そのテーマを引き受けなければならないということはないだろう。それにしても、「次第に新しくなっていく」物語、「聖なるもの」の出現にいたる回心を描くことの難しさを、ドストエフスキイは『罪と罰』の終末を描くにあたってあれほど痛切に感じていたのではなかったか。ラスコーリニコフの自我の殻は固く、回心はシベリヤへと持ち越されたのだった。
ドストエフスキイは先のマイコフ宛の手紙に書く。

さて、この夏と秋のあいだずっと、いろいろな考えを組み立てていました（まことに巧妙なものもありました）。でもある種の経験から、その着想が偽物であったり、困難をきわめるものであったり、まだ十分に暖められていないものだ、ということを予感したのです。最後に一つの着想に立ち止まり、仕事を始め、たくさん書いたのですが、新暦の十二月四日に悪魔にくれてやりました。誓って言いますが、長編は中くらいのものにはなったでしょう。でもこの中くらいであって、**真に良いもの**ではない、ということがぼくにはまったく嫌でたまらなかった。ぼくにはそんなもの必要じゃない。

転換は十二月十八日に起こった。第二バージョンのメモは残念ながら残されていない。

それから（ぼくの未来はすべてこれにかかっているのですから）、**新しい長編**を考え出す苦労を始めました。古いのを続けるのは絶対に嫌だった。それはできませんでした。ぼくは新暦の十二月四日から十八日まで考えました。毎日平均で六つずつくらい（それより少なくはありません）のプランが出てきたと思います。ぼくの頭は風車のように回転しました。どうして狂気に陥らなかったか、自分でも理解できません。とうとう十二月十八日に新しい長編に取り掛かり、一月五日には第一部の五章を編集部に送りました（だいたい印刷原紙で五台分です）。一月十日には第一部の残りの二章を送ると約束して。

ずっと以前から一つの考えがぼくを苦しめていました。でもそれをもとに長編を書くことを恐れていたのです。というのもこの考えはあまりに困難で、ぼくはそれに準備ができていないのです。考えは完全に誘惑的なもので、ぼくはそれを愛しているのです。この着想というのは、**完全に素晴らしい人を描くこと**です。

同じ着想については一月十三日付けの姪のソーニャ・イワーノワへの手紙でも述べている。

この長編の重要な考えは、**真に**素晴らしい人を描くことです。これよりも困難なことはこの地上にはありません、ことに現代においては。すべての作家は、ロシアのばかりではなく全ヨーロッパの作家で、真に素晴らしい人間を描こうとした作家は常に失敗してきました。というのも、これは計り知れないほどに大きな課題だからです。素晴らしいものは理想であり、理想は、ロシアのものにせよ、文明化したヨーロッパのものにせよ、まだまだおよそ完成には至っていません。この地上にはただ一人だけ真に素晴らしい人がいます。――キリストです。

そこで、この計り知れず、限りなく素晴らしい人の出現は、もう言うまでもなく、奇跡なのです。*7

この手紙の中で、キリスト教文学の中ではドン・キホーテ、ディケンズのピクウィック、ユゴーのジャン・ヴァルジャンが優れた人物像として挙げられていることはよく知られている。『白痴』の第一部第一章から七章までは一八六八年一月三十一日刊行の「ロシア報知」一月号に掲載された。

同じマイコフ宛の手紙でドストエフスキイは書いている――「第一部は、僕の考えでは弱い。でもまだ救いはあります。まだ何も**まずいこと**は書いていないのです。これから満足のいくものに発展するかもしれません（ああ、そうなったら！）第一部は本質的にはまだほんの導入部に過ぎません。今後に向けて好奇心を呼び起こしさえすればよいのです」

では「導入部」である第一部では何が語られただろうか。

ムィシキン公爵のスイスでの生活、トーツキイによって破壊されたナスターシャ・フィリッポヴナの過去、ロゴージンとナスターシャとの出会い、ロゴージンの父の死、エパンチン将軍家の事情。注目したいのは、ムィシキンの造形に新約聖書のモチーフがふんだんに取り入れられていることである。前章でも述べたが、バーゼルで聞いたロバの鳴き声（「マタイによる福音書」第二十一章五-九節）、ムィシキンはスイスでいつも子供たちに囲まれていた（「マタイによる福音書」第十九章十三-十五節）、マリーを許す（「ルカによる福音書」第七章三十七-三十八節）、トーツキイのもとのナスターシャの十二年間が、イエスが十二年間出血の止まらない女を治癒させたことに見合う（「マルコによる福音書」第五章二十五－三十四節[*8]）。

聖なるものの訪れを描くことは難しい（『罪と罰』）。では聖なるものがやってくる、という設定は？　その意味で『白痴』は『罪と罰』と一対の鏡のような作品である。二つの作品では殺人も対照的に、『罪と罰』では最初に、『白痴』では最後に起こる。

スイス、聖書世界でのマリーの役目を果たすのがペテルブルグのナスターシャである。キリストはこの地上で、聖書世界と同様に「罪の女」（だが、マリーやナスターシャのどこに罪があるのだろう）を救済することは可能か？　作家は連載の最初に言わば手札を切ってしまった。ではドストエフスキイは「キリスト公爵」にどんな要素を映し出そうとするのだろう？　「無力なイエス」にいたる道は平坦ではなかった。

先のマイコフ宛の手紙には興味深い一節がある――

しかし考えてみてください。恐ろしいことになってしまいました。主人公のほかに、ヒロインもいる。つまり二**人の主人公**というわけです!!　さらにこの主人公たちのほかにあと二人の人物がいます。〈……〉四人のうち二人は僕の心の中では強固に形作られていますが、一人はまったく形になっておらず、四番目の、つまり主要な第一番の主人公は極度に弱いのです。たぶん僕の心の中では弱いわけではありませんが、しかしおそろしく難しいのです。

ナスターシャがもう一人の主人公であることは間違いない。彼女の名前はナスターシャ（復活する）・バラーシコワ（子羊）と名づけられている。（イタリアのヴィスコンティ監督が『白痴』と『カラマーゾフの兄弟』から『若者たち』を描いた時、ナスターシャにあたる女性の最期にあたっては確かに十字架上の死を演じさせている。）……二人のキリスト。

二十五歳の名の日の祝いの席で、札束を火にくべる、という第一部第十六章までが「ロシア報知」に送られるのが二月十五日、「ロシア報知」二月号が刊行されるのは三月八日。そこには『白痴』の続編は四月号に掲載する、との予告が書かれていた。猶予が与えられた。「ドストエフスキイはこの時期、『白痴』をどのように終えるか、再び苦悶の中にいた。

三月十四日のメモには小説の終幕に関するメモが現れる――

　ロゴージンは彼女を切り殺す。ジダーノフ液（一八六六年七月に起きた宝石商殺人事件で犯人は消臭剤を用いた）

　公爵はアグラーヤと結婚する。結婚したかったのだが、死ぬ。

三月十六日のメモには『白痴』理解のための重要なイメージが書き込まれている。

あるいは優しい態度、など。最後には結婚式。公爵との情熱的で優しさにあふれた場面（福音書に描かれた、売春婦の教会での赦し）。婚礼の直前に逃げ去る。モスクワへ、など。

このメモからは、先にも述べたように、ドストエフスキイのイメージの中に福音書の「罪の女の赦し」（ここでは「ヨハネによる福音書」第八章三―十一節）があったことがうかがい知れる。

四月一日には重要なメモが書かれる。「白痴はすべての災厄を見ている／助けようとしても無力／鎖と希望／少しのことをする／晴れやかな死／アグラーヤは不幸／彼女には公爵が必要。」

さらに「キリスト公爵」という重要な書き込みが四月十日前後に三回現れる。四月十日には作家は次のようなプロットを考えていた。

白痴の性格をもっと魅力的に（もっと好かれるように）彼に活動の場を考え出してやらねばならない。

彼はナスターシャ・フィリッポヴナを再生させ、ロゴージンに良い感化を与える。アグラーヤを導いて人間性に目覚めさせ、将軍夫人が無我夢中になるほどに公爵に愛着させ、彼を崇拝させる。

この時点では「強いイエス」の方向が模索されている。スイスの出来事の、ペテルブルグでの再現である。

五月三日に「ロシア報知」の四月号が刊行され、小説の連載が再開される。第二部の一章と二章が掲載された[*9]。

そして一八六九年三月六日に出た「ロシア報知」二月号の付録として、『白痴』のクライマックスである第四部八章から十二章までが刊行された。

私たちの手元には四月以降も断片的なメモが残されているが、九月十五日の日付が入ったメモには「終わり近くになって　公爵、威厳ある静かな彼の状態！　人々を赦す」とあり、かなり後まで小説のフィナーレに関して、作家が迷っていた形跡がうかがえる。一八六九年一月二十五日の姪ソフィアにあてた手紙で、ドストエフスキイは「いま長編が終わりました、やっと。最後の数章は夜を日についで書いていました。恐ろしいばかりの不安と憂愁の中で」と書いている。

創作ノートに幾度も書き留められる「少年たちのクラブ」というモチーフが実現されなかったことが残念である。この聖書モチーフは『カラマーゾフの兄弟』に持ち越される。

II 『白痴』をめぐる言説

ロシアの評論家ウオルィンスキイは『白痴』を高く評価した。「美のデモーニッシュな力と、遥か彼方からひそやかに輝き出て救いをもたらす真実との間のこのような悲劇的な闘いは、ドストエフスキイの最も素晴らしい作品の一つ、『白痴』の中に見ることができる」とするウオルィンスキイはナスターシャ・フィリッポヴナについて「誇りと侮蔑をたたえた美しさの蔭から、一つの魂が、人を信じる柔らかな魂が、ほのかに輝き出ている」とし、ムィシキンについては「彼にとっては、体質的にも精神的にも彼と血のつながったロシア民族、彼と同じに限度を知らぬ熱狂にわれを忘れやすいロシア民族こそ、新しい、純粋な、柔和な神の観念を老化した世界に告知すべき使命を当然に担う民族だと思えたのである」と言う。「人格的な、個別的な、有限なものである人間は、世界の『究極的原因』に直接触れるとき、自らの卑小さを感じる。」「キリストは現代に、新たな憧憬と新たな闘いのために復活した」と言う。小説の終幕の場面については「この怖ろしい夜を、ラゴージンの全生活が人間の過酷な裁きの前に立たされるまでのこの夜を、二人は互いに寄りそって過すのだ――狂気のうちに、そして甦った純粋な相互の愛の感動的なやさしさのうちに。ラゴージンは光明に照らされ、救われたのである」とする。[*10] ウオルィンスキイの評は生前のドストエフスキイが最も聞きたかった言葉であるのかもしれない。

　第四章でも述べたように、『白痴』のカーニバル的要素に注目したのはミハイル・バフチンである。バフチンは言う。

　長編の中心に立っているのは、カーニバル的な両義性を付与された《白痴》の形象、ムィシキン公爵である。この特別な**最高の意味**における人間は、その行動を規定しその**純粋な**人間性を制限し得るようないかなる地位も、現実生活の中に占めてはいない。日常生活の論理から見れば、ムィシキン公爵の行動と経験はすべて、場違いで極端にエキセントリックなものである。その一つとして、例えば、ライバルであり、彼をなきものにしようとし、彼の愛する女性を殺害してしまう男に対する兄弟愛があるが、このロゴージンに対する兄弟愛は、ナスターシャ・フィリッポヴナ殺害の直後にクライマックスを迎え、（完全な白痴状態に戻ってしまう前の）ムィシキンの《意識の最後の瞬間》を埋め尽くすのである。ナスターシャ・フィリッポヴナの死体の傍らでムィシキンとロゴージンが最後に出会う『白痴』の最終場面は、ドストエフスキーの全創作を通じてもっとも胸を打つ場面の一つである。〈……〉彼にはまるで、生活上の一定の場所を占めるのに（そのことによってその場から他人を締め出すのに）必要な**生きた肉体**がないかのようであり、したがって彼は生活の接線上にとどまっているのである。しかし、他ならぬそのことによって彼は、他人の生きた肉体越しにその奥底にある《我》を《**洞察する**》ことができるのである。〈……〉長編のヒロイン、ナスターシャ・フィリッポヴナもまた同様に、生活および生活上の諸関係の常識的論理から逸脱している。彼女もまたいつでも、何事においても、自分の生活上の地位に逆らって行動する。しかし彼女に特徴的なのは**感情の激発**であって、彼女にはナイーヴな一貫性というものはない、彼女は《狂人》である。〈……〉《白痴》と《狂人》というこれら二人の長編の中心人物を取り巻く生活は、すべてがすべてカーニバル化され、《あべこべの世界》と化してしまう。つまり伝統的なプロット設定は根本的にその意味を変え、激しいコントラストや思いがけない交替、転換といったダイナミックなカーニバルゲームが展開し、長編の二義的人物群がカーニバル的上音を獲得して、カーニバル的ペアを形成するのである。[*11]

バフチンのカーニバル論は『白痴』を対象とした時、大きな説得力を持つように思われる。『白痴』の燃やされる札束の場面も「火」ということによって見事に説明されるだろう。

小林秀雄は一九六四年一月という日付の入った「『白痴』について」で次のように語る。「『キリスト公爵』から、宗教的なものも倫理的なものも、遂に現れはしなかった。来たものは文字通りの破局であって、これを悲劇とさえ呼ぶことは出来まい。[*12]」

これに対して佐藤泰正は反論している。

小林が『キリスト公爵』のイメージは無惨にくだかれたと語るごとく、確かに、聖なるもの、超越者、権威ある者たるイメージは、無惨に打ちくだかれる。然し、まさにその処に於て、彼はまさしく『キリスト公爵』たりえているのではないか。人間の外に、上にある超越者としてではなく、この現実の只中に、生の疑わしさと矛盾の只中に、受肉し、内在するものとして（まさに文学が文学たることの次元に於て）『白痴』の終末は動かし難く、そこに置かれる。それがまさしく破局であり、陰画（ネガ）であることによって、そのことによってのみはじめて、それは正しく真の陽画（ポジ）たるものをよく示す。[*13]

ドストエフスキイがあれほどの苦悩のうちに書いた『白痴』の終幕に聖性を感じ取る感性を持たない読みが、今も日本に続くのはなぜだろうか。

江川卓は言う。「『キリスト公爵』とまで呼ばれたムイシュキンは、彼が現実の中で果たすべきであった神話的使命をひとつもなしとげることなく、また現実をはなれてスイスへ帰らねばならない。」「悲劇はそれだけではなかった。アグラーヤもまた怪しげなポーランド亡命伯爵のぺてんにかかって、家の者とも絶縁してしまう。イッポリートはナスターシャ・フィリッポヴナの死後、二週間で、恐ろしいばかりの興奮のうちに息を引きとった。この二人を加えれば、悲劇は五重奏にもなるようである。ドストエフスキーの手腕をもってしても、真に美しい人を描ききることは、最も困難な課題であったらしい。[*14]」

また亀山郁夫は書く。「ナスターシャにとってムイシキンは『キリスト公爵』であり、かつまた『光』でした。しかし現実のムイシキンは『キリスト公爵』としての役割を全うするにはあまりに世俗に汚されていました。遺産相続、結婚、いずれもキリストの聖性どころか、聖痴愚としての資格からも遠く隔たっていたのです。これこそはムイシキンの『生々しさ』の原因であり、帰結でもあったのです。[*15]」

「私はキリスト者ではない」と慎重に断わりながら、バフチンのドストエフスキイ論の日本で最初の翻訳者、新谷敬三郎はその『白痴』論を旧約聖書のイザヤ書第五十三節を引用して終える。そこにはこう書いてある。

彼には見るべき姿がなく、威厳もなく、／われわれの慕うべき美しさもない。／彼は侮られて人に捨てられ／悲しみの人で、病いを知っていた。／顔をおおって忌みきらわれる者のように／侮られ、われわれも彼を尊ばなかった。〈……〉

新谷は聖書ではキリストを「愚か」として描いた、とする。[*16]「愚者キリスト」――この指摘から、私たちは、遠藤周作の『深い河』（熊井啓監督が映画化）などの「無力なイエス」、「同伴者イエス」という考えや、アンドレイ・タルコフスキイ監督の作品『アンドレイ・ルブリョフ』での問答や「雪中のキリスト」、ロマン・ポランスキー監督の作品『戦場のピアニスト』とドストエフスキイとの深い響き合いに気づくだろう。

近年の『白痴』研究の方向として、イメージやシンボルを読み解くイメジャリ研究[*17]や、性愛の精神分析による読み[*18]があり注目される。黒澤明監督の『白痴』（一九五一年）にも触れておきたい。ここには原作にはない「氷上のカーニバル」の場面がある。先にも述べたように、この点についてロシアの研究者ヴラーソフは「文学テキストの詩学の基本的原理が把握されていれば、映画監督はその原理の上に立ち、作家が書かなかった監督独自の場面を構築することができる」と言っている。[*19]

ロシアで出版された最新のドストエフスキイ全集第八巻『白痴』に寄せられたクリニスキイの「キリスト者についての小説」という文章は最近のロシアの宗教回帰を反映している。小説冒頭のスイスの場面の福音書的背景を指摘し、分離派のセクト、フィリッポフシヌィでは自殺が神の世界にいたる道であると教えたことなどにも触れ、聖職者たちの教えによりながら、次のように言う。ムィシキンの活動の結果はどうであったか、彼には何が出来たのか、誰を救えたのか、という問いが当然浮かぶだろう。旧ソ連時代に書かれた『白痴』論では主人公の「道徳心の弱さ」が言われ、彼は「敗北した」と書かれた。ペレストロイカ初期には思いがけない強い調子で断罪された。「これに対しては、古代からキリストの活動の空しさもまた非難されてきた、と答えることができる。」では何が主人公の成功、対立の解決の方向で進むことを妨げたのか。「人類の前に立ちふさがる諸問題は信じられないほどに困難であり、人々はこれまでも解決しようとしてきたし、今も解決を試みている。だが、迅速で根本的な成功を望むことができるのはユートピア主義者のみだ。」そして論者はウオルィンスキイの言葉を引用しながら「だが、芸術としての成果は存在する。悲劇的な美、精神的・心理的な説得力、読者の心への訴えかけの強さという点でほとんど類のないイメージを生み出したことである」と結んでいる。[*20]

Ⅲ　遠藤周作の「無力なイエス」

いま、私は「遠藤周作の『深い河』などの「無力なイエス」、「同伴者イエス」という考え」ということを言った。この点についてここでもう少し詳しく考えていきたい。

一九七三年に『死海のほとり』を発表したとき、遠藤周作は江藤淳と対談を行っている。そこでの二人のやりとりを追ってみよう。

遠藤　主人公の「私」の場合は、「戸田」とは全然違う。聖書学者でも何でもない。「私」は同伴者イエスというのを、最終的に多少は感じて飛行機に乗るわけです。

同伴者イエスっていうのは、わたくしは『沈黙』以来、最終的な決め手になるもんだっていう感じがしたんです。つまりあなたがさっき母親とおっしゃったけど、母親ってのは同伴者ですからね。あなたにとってもそうだろうけど、わたくしにとっては特に同伴者だったんです。同伴者イエスの発見ということは、結局イエスが復活したっていうことです。その確信はあるけど、ヴェールを通して見つけたわけです。文中の「私は何度もあなたを棄てようとしたのに、あなたは私を棄てなかった」というのは、『沈黙』ではかすかな声で出してたのが、今度は多少大きな声で主張できるようになってきた、ということなんです。

江藤　それが復活ということですか。

遠藤　ええ。無力なイエスでなかったら、復活っていう意味がないという考えになってきたわけなんです。栄えある、立派なことをしてる人は復活ということをしても、それほど意味がない。この世において無力だった人間だから復活の意味があるし、復活というキリスト教的な意味がある。『沈黙』を超えようとしたのはそこだったんです。

江藤　なるほど。ぼくは信者ではないので、そこがよくわからなかったんだな。読み方が浅かったのかもしれない。

遠藤　手ばかり握って奇蹟は行なえないというのは「同伴者」の条件ですよね。イエスはいつもいつも、神はわれを見棄てたもう、と嘆いておられたと思いますよ。しかし、世の終りまでいつもこの人たちと一緒にいたいという気持はあった。それが彼の十字架の死で、可能になった、つまり人間の永遠の同伴者になったわけで、そこをわたくしは声を大きくして言いたいわけです。それでなかったら、無力のイエスを書いた意味がないんです。

もとより、こうした遠藤周作の「無力なイエス」という考え方と、ドストエフスキイの『白痴』の終幕の苦しい選択とを、一対一で結び合わせようというのではない。しかしドストエフスキイが創作ノートでは、「彼はナスターシャ・フィリッポヴナを再生させ、ロゴージンに良い感化を与える。アグラーヤを導いて人間性に目覚めさせ、将軍夫人が無我夢中になるほどに公爵に愛着させ、彼を崇拝させる。」といった「強いキリスト」の像の方向を十分に模索しながらも、最終的には、奇蹟を行えないながら、「手ばかり握って」いる同伴者のムィシキン像に帰着していったこととの間には何事かの響き合いがあるように思われるのだ。そしてそのことは『深い河』の「無力だった」大津の姿にも繋がるだろう。

この対談でも遠藤は、おそらくあえてドストエフスキイの名を出して、「ドストエフスキーなんて持ち出すと気障《きざ》だけど、ドストエフスキーが聖なるものを露骨に持ち出す場合と、それから俗な人間を通して、チラチラッと見せる手法があるでしょう、わたくしみたいな日本人の読者だと、ドストエフスキーの聖なるものを、直接書いたほうはよくわからんのです。むしろチラチラ手法のほうが、わたくしにはやや感ずるところがあります」と言っている。*21

遠藤周作のドストエフスキイに関する発言は早くから行われていた。一九六〇年、作家三十七歳の時の著作『聖書のなかの女性たち』では『罪と罰』のソーニャと『ルカによる福音書』の中の売春婦ナインとの類似が語られている。*22

またこの作家にとってのドストエフスキイの意味の大きさについては、佐藤泰正との対談でより明瞭に語られている。

「そして私にはどうも、遠藤さんがモーリヤックをおっしゃる、グレアム・グリーンをおっしゃるけれども、いちばん根っこにはたぶん若い時にお読みになったドストエフスキイがあって、もう一度いま改めて『スキャンダル』を書こうとなさると、それはモーリヤックでもだれでもなくて、ドストエフスキイがいちばん最後に出てくるんじゃないかという感じがするんですが」という佐藤の問いに対して、遠藤は次のように答えている。

ええ、おっしゃるとおり憧れですよね、ドストエフスキイの世界は。それはいかなる作家にとっても憧れでしょう。こんなことを言っては言いすぎですが、モーリヤックはだいたいわかりました。グレアム・グリーンもだいたいわかりました。その世界だったら私も多少、小説技術を覚えたから書くことはできます。しかしドストエフスキイの世界は、とてもわれわれのような作家がおよぶところではないという感じがいつもします。それだけに向こうが突きつけてくるテーマがすごいんです。でも作家というのは、自分を超えた人間を主人公にできないんです。ドストエフスキイのように書けないもんだから、すこしずつ世界を縮小していくんです。*23

Ⅳ　現代の試み

同じくドストエフスキイの「美しい人」を描く、という課題から、あるいは遠藤周作の「無力なイエス」という考え方からも、だろうか、文学的課題を継承している作家がいることを見ておきたい。鹿島田真希である。

二〇〇五年に発表された『六〇〇〇度の愛』の舞台は現代の長崎であり、「六〇〇〇度」とは原爆が達する温度のことである。ヒロインは夫と息子から離れて長崎に行く。そこで出会ったのはロシア人を母に持つ一人の青年だ。二人の間にはこんな会話が交わされる。

あなたは、女は笑う。あなたは、面白いのね。私が難問を解いているのを、ただ黙って見てるだけ。無力なのね。
無力ですよ、と青年は呟く。[*24]
（三二一ページ）

この物語にもドストエフスキイは呼び込まれる。

『罪と罰』では回心したラスコーリニコフが娼婦ソーニャにラザロの復活の箇所を読ませる場面がある。この箇所の朗読によってラスコーリニコフは完全に人殺しについての自首を決意する。もしこの話が実話であるなら大したドラマだ。
（一三一ページ）

また鹿島田は二〇〇九年に、『白痴』のムィシキンが現代の日本に現れたらどうなるか、という設定のもと、『ゼロの王国』を完成した。同じくロシア文学のドストエフスキイの先行者プーシキン作『スペードの女王』を下敷きとしてスペードのトランプ十三枚の章で構成されるこの小説世界は、やはり愛の可能性をテーマとしているように見える。[*25]
鹿島田はインタビューに答えて次のように語っている。

「古典というのは尊敬すべきものなので、超えようと思ったり、自分と比べたりはしない。感動して、こんな小説が書けたらいいなと思って換骨奪胎して同じように書いているつもりでも、自分らしさが出てきて最終的には違った作品になるというのは面白かった」[*26]

この作家の今後の作品が楽しみである。

注

＊1　Полное собрание сочинений Ф.М.Достоевского в 18 томах. Том 15. М., 2005.С.208.（『ドストエフスキイ十八巻全集』以下 ПСС と略す）第十五巻、二〇八ページ。

＊2　Достоевская А.Г. Дневник.（『ドストエーフスキィ夫人　アンナの日記』木下豊房訳、河出書房新社、一九七九年、三九三ページ）この日記から作家がいつもロシアの新聞に注意をはらっていたことが知れる。『白痴』の構想には十八歳の貴族ゴールスキイによるジェマーリン一家六人の殺害事件、十九歳のモスクワ大学学生ダニーロフによる殺人事件など多数の事件が影響しているとされる。

＊3　Достоевская А.Г. Воспоминания.М.,1971.（『回想のドストエフスキー』松下裕訳、筑摩書房、一九七三年、上巻、一九九ページ）

＊4　Полное собрание сочинений Ф.М.Достоевского в 30 томах. Том 9.Л.,1974.С. 340. の解読によっている。

＊5　ПСС, Приложение 1.С.211.

＊6　井桁貞義『ドストエフスキイ』（清水書院、一九八九年）一四七ページ。
＊7　ПСС, Том 15.С.216.
＊8　詳しくは井桁貞義『ドストエフスキイ・言葉の生命』（群像社、二〇〇三年）第一部第二章「聖書劇としての『白痴』」を参照。
＊9　連載の様子をЛетопись жизни и творчества Ф.М.Достоевского.Том 2. СПб.,1994. によって確認しておこう。「ロシア報知」五月号（一八六八年六月四日発行）第二部三章から五章。六月号（七月八日）第二部六章から八章。七月号（八月六日）第二部九章から十二章。八月号（九月七日）第三部一章から三章。九月号（十月十一日）第三部四章から六章。十月号（十一月十二日）第三部七章から十章。十一月号（十二月六日）第四部一章から四章。十二月号（一八六九年一月九日）第四部五章から七章。なお『年代記』では十一月号の内容に誤りがあると思われる。
＊10　Волынский А.Л. Достоевский. СПб.,1909. ウオルィンスキイ『美の悲劇』（大島かおり訳、みすず書房、一九七四年）
＊11　М.Бахтин Проблемы поэтики Достоевского.М.:Советский писатель,1963.（『ドストエフスキーの詩学』望月哲男、鈴木淳一訳、ちくま学芸文庫、一九九五年、三四七〜三四九ページ）
＊12　小林秀雄『ドストエフスキイ』（講談社、一九六六年）三四六ページ。
＊13　佐藤泰正「小林秀雄とドストエフスキイ――そのキリスト論を中心として」（『現代日本キリスト教文学全集』第十八巻『キリスト教と文学』教文館、一九七四年）二〇八ページ。
＊14　江川卓『謎とき『白痴』』（新潮社、一九九四年）二〇二〜二〇三ページ。
＊15　亀山郁夫『ドストエフスキー　父殺しの文学』（ＮＨＫブックス、上巻、二〇〇四年）二八三ページ。
＊16　新谷敬三郎『『白痴』を読む』（白水社、一九七九年）二三三ページ以下。
＊17　注14の江川卓の研究をはじめ、冨岡道子『緑色のカーテン――ドストエフスキイの『白痴』とラファエッロ――』（未来社、二〇〇一年）などが注目される。

＊18　草野慶子「『白痴』の愛と性とユートピア」（『21世紀ドストエフスキーがやってくる』集英社、二〇〇七年所収）からこの領域の見通しを得ることができる。

＊19　詳しくは本書第四章、また四方田犬彦「黒澤明の『白痴』」（『21世紀ドストエフスキーがやってくる』所収）を参照。

＊20　Кунильский А.Е. Роман о христианине. ПСС. Том 8.С. 463-485.

＊21　対談「『死海のほとり』をめぐって」遠藤周作・江藤淳（『死海のほとり』付録、新潮社、一九七三年）

＊22　遠藤周作『聖書のなかの女性たち』（講談社文庫、一九七二年）二一ページ。

＊23　遠藤周作・佐藤泰正『人生の同伴者』（講談社文芸文庫、二〇〇六年）二一三〜二一四ページ。

＊24　鹿島田真希『六〇〇〇度の愛』（新潮文庫、二〇〇九年）三二ページ。

＊25　鹿島田真希『ゼロの王国』（講談社、二〇〇九年）

＊26　「鹿島田真希さんが新刊『ゼロの王国』『白痴』の主人公を現代日本に」「朝日新聞」二〇〇九年五月二十八日付夕刊。

第六章　大江健三郎と〈祈り〉

Ⅰ　危機の感覚

第二次大戦後の日本で、ドストエフスキイは常に精神の危機において呼び起こされてきた。そのことを大江健三郎は最もよく、示している。日本の、そして世界の、危機と救済に常に敏感に反応してきたのが大江健三郎である。大江は一九六五年に次のように書いている。

　僕は聖書についてほとんどなにもしらないが、あの大洪水をもたらした神は、洪水後ノアが、再び人間世界をつくりなおすことを十分に信頼して、永い永い雨を降らせたわけだろう。

広島の原爆は、二十世紀の最大の大洪水だった。そして広島の人々は、大洪水のさなか、ただちにかれらの人間世界を復活させるべく働きはじめた。かれらは自分たち自身を救済すべくこころみ、かれらに原爆をもたらした人々の魂もまた救助した。*1

（『ヒロシマ・ノート』一一四ページ）

そんな大江の想像力の中では、常にドストエフスキイとの対話が行われていた。そのことを大江は次のように書いている。

ぼくが小説を書きはじめたとき、つぎのような、単純ではあるが根本的な質問にあってめんくらったことを思い出します。ひとりの友人がぼくにドストエフスキーの小説があるのになぜきみは小説を書くのかね、それは無意味な労役じゃないか、といったのです。ぼくはそのときまことにそのとおりだと思って、恥ずかしく、かつむなしい気持になったものです。そのうち、ぼくは単にぼくのみならず数知れぬ作家が、ドストエフスキーの小説があるのに、なぜあらためて小説を書くのか、ということを考えていて、それは決してドストエフスキーに対抗しようというのじゃない、それはやはり同時代の人間にたいして、わたしはこのように生きていますと語りかけたいからなのだろうと、また読者のがわから言えば、なぜドストエフスキーだけを読むのではなく、同時代の人間の書いたものを読むかといえば、われわれと同時代に生きている人間がいまどのようにものを見て、感じているか、ものを考えているかということについて、具体的な情報を得たいと感じるからこそではないか。そこに現代の小説をめぐってのコミュニケイションがあるのじゃないだろうか。[*2]

このような考えがあったからこそ、ドストエフスキイが『悪霊』を発表した一八七二年のちょうど百年後に、連合赤軍事件が起こった時、大江は埴谷雄高との対談で、次のように発言しているのだ。

あらためていえばドストエフスキイの『悪霊』におけるネチャーエフ事件の取り扱いの広がりと深さとをもって現在の状況、とくに赤軍事件を考えようとする、考え得るのでなければ、とくに文学をやっている者にとってドストエフスキイ後百年間の意味はないといってもいいわけですね。

われわれが恥じねばならぬとおりに、しかし現実はそうではなくて、いま『悪霊』と今日のわれわれの意識の鏡にうつっている赤軍事件とをまっすぐに結ぶことのできる共通の要素は、意識化されている中においてきわめて少ないと思います。

〔スチェパンやピョートルなど・引用者〕そういう二、三のタイプは比較的やさしくこんにちと結びつけて類推できるけれども、なまなかのことでは類推できないような、しかも重要な人物が『悪霊』の中にはいる。ドストエフスキイのつくったその類推できない人物をあえて現在の赤軍事件にうちつけるようにして考えなおさなければ、じつは現代の全体も把握できないのでしょう。たとえばこんにちスタヴローギンはどうあり得るか、キリーロフは、シャートフは、といちいち考えおぎなってこんにちの赤軍事件を見ねば、ドストエフスキイの時代の人間観からわれわれの時代の人間観が進んでいるとはいえない。人類の時代としてのこんにちもドストエフスキイのように深く把握しえないと思うのです。[*3]

Ⅱ　救済を求めて

こうした思考の結果、創造されたのが『洪水はわが魂に及び』(一九七三年)だった。

50種の野鳥の声を識別する知恵遅れの幼児ジンと共に、武蔵野台地の核避難所に立て籠り、『樹木の魂』『鯨の魂』と交感する大木勇魚。世界の終末に臨んでなお救済を求めず、自からの破滅に向って突き進む『自由航海団』の若者たち……。

文庫本にこのように語られる小説世界は、濃厚に終末の感覚を漂わせている。

第十章では「勇魚を『自由航海団』の言葉の専門家として受けいれた若者たちは、とりあえず、かれらが遠洋航海にでかける時のために、英語の授業を申しいれてきた。」とされる。勇魚の手元には『白鯨』とドストエフスキイの英訳があるだけだった。そこで勇魚は以前から赤鉛筆で傍線を引いていた『カラマーゾフの兄弟』のゾシマ長老の説教の一章を選んだ。

「人間よ、動物に威張りちらしてはいけない。動物は罪を知らぬが、人間は偉大な資質を持ちながら、その出現によって大地を腐敗させ、腐った足跡を残している。悲しいことに、われわれのほとんどすべてがそうなのだ！　特に子供を愛することだ。なぜなら子供もまた天使のように無垢であり、われわれの感動のために、われわれの心の浄化のために生き、われわれにとってある種の教示にひとしいからである。幼な子を辱しめる者は嘆わしい。」

（上、二二四ページ）

またゾシマ長老の説教の最初の部分もテキストとされる。

「青年よ、祈りを忘れてはいけない。祈りをあげるたびに、それが誠実なものでさえあれば、新しい感情がひらめき、その感情にはこれまで知らなかった新しい思想が含まれていて、それが新たにまた激励してくれるだろう。そして、祈りが教育にほかならぬことを理解できるのだ。」

勇魚は、若者たちがいかにも抹香くさいと感じるだろうと思い、とくにそのうちの prayer という言葉が、端的な反撃をうけるだろうと考えた。ところが若者たちは、このテキストに強い興味をよせたばかりでなく、ほかならぬ prayer という言葉にとくにひきつけられたのである。[*4]

（上、二二四〜二二六ページ）

このゾシマの説教が小説全体を覆うモチーフとなっていることは、若者の一人が物語の終盤近くで、この言葉を「祈るようにつぶやく」[*5]ことからもうかがえるだろう。

Ⅲ　再びの危機

現代日本を覆う闇はなおも深い。

オウム真理教の事件である。

大江はこの事件からも光明を見出そうとしている。

その時に想起されるのは、またもドストエフスキイである。

小説の終わり近く、「師匠」は聖書のヨナについて触れたあとで、ドストエフスキイに言及するのである。

そして思い出すのは、ウォルインスキイの訳者の埴谷が、アリョーシャの子供たちへの愛について、またそれに応える子供らの「万歳」について書いている文章です。それも私がこの本の余白に書き写しています。

《十三年後に皇帝暗殺者となって十字架にかかるべきアリョーシャばかりでなく、無実の罪を担う情欲者ドミートリイも、生の渇望を叫ぶ大審問官イワンも、その位置を一変して、「カラマーゾフ万歳！」の少年達の唱和のなかに、ともに昇華するのである。》

私らの国の人間が、世界規模の悔い改めの導火線になるためには、どれだけ恐しいところまで出てゆかねばならないか？　実際、よなは、どこまで踏み出すのか？[*6]

（『宙返り』下、三三二～三三三ページ）

小説ではこのあと、「カラマーゾフ万歳！」という唱和が描写される。

フランスの作家たちなどから多くを学んだ大江健三郎の作品群にも、目をこらしてみると、「ドストエフスキイ」の世界が一本の筋として見えてくる。

思い起こせば、ドストエフスキイもまた、終末の危機感を強く持って創作活動を行っていた。[*7]

核を持つことで、また精神の闇を抱くことで、なおも深まった危機の時代に、大江もまたドストエフスキイを幾度も読み返すことで、ドストエフスキイと同じ〈祈り〉を共有しているように見える。[*8]

注

＊1　大江健三郎『ヒロシマ・ノート』（岩波新書、一九六五年）一一四ページ。
＊2　大江健三郎『核時代の想像力』（新潮社、一九七〇年）五三ページ。
＊3　対談「革命と死と文学――ドストエフスキイ経験と現代」『埴谷雄高ドストエフスキイ全論集』（講談社、一九七九年）八七六～八七七ページ。
＊4　大江健三郎『洪水はわが魂に及び』（新潮文庫、上巻、一九八三年）二二四ページ。英文テキストに原卓也訳が付されている。次も同じ。
＊5　同書、下巻、二三九ページ。
＊6　大江健三郎『宙返り』（講談社、下巻、一九九九年）三三二～三三三ページ。
＊7　詳しくは井桁貞義『ドストエフスキイ』（清水書院、一九八九年）一四〇～一四二ページを参照。
＊8　大江はドストエフスキイを数年ごとに読み返している。そのことについてはたとえば大江健三郎、後藤明生、吉本隆明、埴谷雄高『現代のドストエフスキー』（新潮社、一九八一年）七ページを参照。

第七章　村上春樹とドストエフスキイ

I　『羊をめぐる冒険』とドストエフスキイ

「まっとうな力を持つ物語」を求めて

一九九七年三月に刊行されて話題になった村上春樹の書物『アンダーグラウンド』を思い出してみよう。これは地下鉄サリン事件に遭った多くの被害者に、村上春樹が長い時間をかけて聞き書きしていった、六十人の方々の語る物語の記録である。あとがきにあたる「目じるしのない悪夢」と題された文章で、村上春樹はオウム事件を文学の面から次のように位置づけている。

それ〔麻原彰晃が人々に与えた物語〕は粗暴で滑稽な物語だった。部外者から見ればまさに噴飯ものとしか言いようがない物語だ。しかし公正に言って、そこにはひとつだけたしかな一貫したことがある。それは「何かのために血にまみれて闘う攻撃的な物語だった」ということだ。
（七五一〜七五二ページ）

単純な物語を麻原は与えることができた。

そういう観点からすれば麻原は、限定された意味あいにおいては、現在という空気を掴んだ希有な語り手だったかもしれない。彼は自分の中にあるアイデアやイメージがジャンクであるという認識を——たとえ意識的であったにせよそうでなかったにせよ——恐れなかった。彼はまわりにあるジャンクの部品を積極的にひっかきあつめて（映画のE.T.が物置にあるがらくたを使って故郷の惑星との交信装置を組み立てるように）、そこにひとつの流れを作り出すことができた。
（七五二ページ）

村上春樹はこうした事態に対して、小説家として苛立っている。

しかしそれに対して、『こちら側』の私たちはいったいどんな有効な物語を持ち出すことができるだろう？　麻原の荒唐無稽な物語を放逐できるだけのまっとうな力を持つ物語を、サブカルチャーの領域であれ、メインカルチャーの領域であれ、私たちは果たして手にしているだろうか？

（七五三ページ）

ところで、〈物語〉は人にとってなぜ〈必要〉なのか？

ここでは〈物語〉の意味は二つの方向で考えられている。

人は〈自我〉を支える「自分という一貫した物語」を必要とすること。アイデンティティとは自分が自分に語って聞かせる物語なのだろう。そしてもう一つは〈物語〉が「他者と共時体験をおこなうための重要な秘密の鍵であり、安全弁なのだ」ということ。

いま、私たちは「まっとうな力を持つ物語」を手にしているかどうか？

これはかなり大きな命題だ。私は小説家であり、ご存じのように小説家とは「物語」を職業的に語る人種である。だからその命題は、私にとっては大きいという以上のものである。まさに頭の上にぶら下げられた鋭利な剣みたいなものだ。そのことについて私はこれからもずっと、真剣に切実に考え続けていかなくてはならないだろう。そして私自身の「宇宙との交信装置」を作っていかなくてはならないだろうと思っている。

（七五三ページ）

本章では私たちもまた、文学の問題として、村上春樹の提起を受けて、いま目の前にあるジャンクな物語の諸相をともに突き詰め、どれが〈ジャンクな物語〉であるのか、どんな物語が〈欠損性〉を埋めることができるのか、いま〈まっとうな力を持つ物語〉を作り出す可能性はどこにあるのかを、考えていきたい。

プロトタイプ1：魔法物語の構造

〈物語〉とは何を指すのか？　それは村上春樹の文学を考える上でも有効な作業過程となるだろう。〈物語〉の歴史のうち、もっとも強い伝統を持つのは〈魔法物語〉の構造であろうと思われる。ウラジーミル・プロップが一九二八年に報告したもので、ロシアのたくさん（アファナーシエフの集めた民話の番号では新版で九十三話から二六八話まで）の魔法民話を対象として、彼は次のようなテーゼを導き出した。

①　昔話の恒常的な不変の要素となっているのは、登場人物たちの機能である。その際、これらの機能がどの人物によって、またどのような仕方で、実現されるかは、関与性を持たない。これらの機能が昔話の根本的な構成部分である。
②　昔話に認められる機能の数は限られている。
③　機能の継起順序は常に同一である。
④　あらゆる魔法民話が、その構造の点では、単一の類型に属する。[*1]

ではなぜ単一の構造が現れるのか？　この点についてはプロップは『魔法昔話の起源』（一九四六年）で、昔話はかつての儀礼の構造が繰り返されているのだ、として加入礼と死に関する一連の観念を起源として挙げている。「新加入者の身に起こることすべてを心に描き、それを順を追って物語るなら、魔法昔話の成り立っている構成が得られる。また死者の身に起こると考えられていたことをすべて、順を追って物語るなら、ふたたびおなじ核心が得られるが、そこには前述の儀礼の系列に不足している要素が付加される。」「若者は儀礼の時に死に、その後、新しい人間として復活すると考えられていた。＊2」

ところでイタリアの童話作家ロダーリは、ロシアはドイツやイタリアの民話が属するインド・ヨーロッパの伝承と同じものに属する、として、同一性を認める。＊3　しかし、全世界の魔法民話は同じ構造を持つのだろうか？　たとえば日本の民話では別の構造が支配している、との報告がある。それは〈出会いと別れ〉のサイクルであって、プロップの〈獲得型〉とは違う、という。

おそらく『海辺のカフカ』以前の村上春樹の作品を読んで、もっとも欠けている、と感じるのは、このプロトタイプ1〈成長の物語〉ではないか。『羊をめぐる冒険』で、小説の中で主人公が成長していった、とは感じないのではないか？

プロトタイプ2：聖杯の探究

では『羊をめぐる冒険』を考えるにあたって最も有効な物語のプロトタイプは何か？

ヨーロッパには『アーサー王と円卓の騎士』をめぐる物語の伝統が広く見られる。〈聖杯〉の意味するところは伝承の中で様々である。主な要素を挙げよう。

①キリストが最後の晩餐に用いた器である。
②その後、キリストの受難においてロンギヌスの槍に刺されて滴った血を受けた。
③金の杯で超自然的な光を発すると同時に、人間の生命を維持する力を持つ。
④この石を二〇〇年のあいだ見ていれば、ただ髪の色が灰色になるだけで若さを保つ。
⑤聖杯は外側の世界から秘儀を伝授される人々を呼び集めて仕えさせる。
⑥王を作る力を持っている。
⑦聖杯に奉仕する女性は、純潔を守り、一切の不誠実に関わっていない人でなければならない。

これらの属性は『羊をめぐる冒険』の〈星形の斑紋〉を持った羊を思わせるだろう。この羊は〈聖杯〉なのだ。

ところで、『パルチヴァール』の物語は少年が騎士に成長するが、病んだ聖杯王に同情の質問をしなかったことから罪に問われ、聖杯を求めて放浪する物語である。やがて幾多の試練の後に、円卓の騎士を経て、聖杯王になるまでが描かれる。これもまた、難題と試練を経て、共同体の一員として迎えられる、という成長物語であることが分かるだろう。つまりは最初に挙げたプロトタイプ

1との共通性がうかがえるのである。

プロトタイプ1のヴァリエーションとも言えるこの物語の特徴は聖杯の〈探索〉の物語である、ということだ。これを二十世紀ハードボイルド小説のスタイルと結合する形で、『羊をめぐる冒険』の物語は進行することになる。

村上春樹の想像力に『アーサー王伝説』が結びついていたことは『1973年のピンボール』の最後で、「ピンボールの唸りは僕の生活からぴたりと消えた。そして行き場のない思いも消えた。もちろんそれで『アーサー王と円卓の騎士』のように『大団円』が来るわけではない。」と語られていることから分かる。しかしそこから〈成長〉は抜き取られている。十五世紀にトマス・マロリーによって書かれた『アーサーの死』の第十八巻では、「さて、聖杯の探究がめでたく終わったので、生き残った騎士は全部また円卓に戻ったと『聖杯の書』に書いてある。宮廷は大きな喜びに包まれた。[*4]」とある。物語はここで大団円を迎え、さらに第二十一巻の「終曲」でのアーサーの戦場での死へとつながっていくが、この「大きな喜び」は『1973年のピンボール』からは失われている。プロトタイプ2を用いながら、変形することで、小説は空虚な終幕を迎えることになる。「聖杯」ということについては作者自身がこう言っている。


これまでぼくの小説は、何かを求めるけれども、最後に求めるものが消えてしまうという一種の聖杯伝説という形をとることが多かったのです。ところが、『ねじまき鳥クロニクル』では『取り戻す』ということが、すごく大事なことになっていくのですね。これはぼく自身にとって変化だと思うんです。[*5]

プロトタイプ3：冥府下り

『羊をめぐる冒険』は探索物語だった。そしてそのプロセスで、主人公は、いったん〈死〉の世界へと下降する。

大地が虚無の中に陥没した。巨大な谷だった。（下、一三一〜一三二ページ）

おそろしく静かだった。風の音さえ広大な林の中に呑み込まれていた。黒いむっくりとした鳥が時折赤い舌を出してあたりの空気を鋭く裂いたが、鳥がどこかに消えてしまうと、沈黙がやわらかなゼリーのようにそのすきまを埋めた。（下、一三八〜一三九ページ）

そして小説の終わりで「僕は生ある世界に戻ってきたのだ」と言われる。

高橋吉文はグリム童話の分析に際して、こうした冥府行を「V字プロセス」と名づけている。

死界への下降と新生への上昇というV字形の行路それ自体は、私たちにとって特に目新しいものではない。一般に地獄めぐりや冥府行として表現されるそれは、〝死と復活〟という、多くの神話やイニシエーション（通過儀礼）の基本形をなす、人類にとってほとんど普遍かつ根源的な母型《マトリックス》である。*6

高橋がここで例に挙げているのは、オルフェウスの冥界めぐり、『オデュッセイア』、ダンテの『神曲』、トーマス・マンの『魔の山』はじめ、いくつものヨーロッパ文学である。もう少し視野を広げてみると、同じ冥府めぐりは日本の神話にも見られる。『古事記』の「黄泉の国」の章は民族の〈生〉の意味を語る説明になっていることに注意したい。『羊をめぐる冒険』もまたこのプロトタイプをなぞることになる。

プロトタイプ４：アンチ・ユートピア物語

さて『羊をめぐる冒険』にも〈闘い〉がある。羊に入られた〈鼠〉は「羊を呑み込んだまま死んだ」。（下、二二三ページ）

羊の王国は「強大な地下の王国」である、という。「先生は国家という巨大な船の船底を一人で支配している」「組織はふたつの部分に分かれている。前に進むための部分と、前に進ませるための部分だ」。（上、二〇四〜二〇五ページ）

このような『意志部分』と『収益部分』の二分法から思い出されるのは例えばドストエフスキイ

の『罪と罰』だろうか。

一八六六年にロシアで書かれたこの小説のなかで、主人公ラスコーリニコフは論文を書いている。〈非凡人〉はあらゆる倫理や障害を越えて前進する権利を持ち、〈凡人〉はこれにつき従うしかない、という。この理論によって、ラスコーリニコフは殺人を犯す。

あるいは〈一人による支配〉ということでは、同じドストエフスキイの『カラマーゾフの兄弟』の中のイワンの語る「大審問官伝説」を思い出すべきかもしれない。

「伝説」の舞台は審問制度の激しかった十六世紀スペインのセヴィリア。ここにキリストが姿を現す。九十歳にもなろうとする大審問官はキリストを捕らえ、牢の中に彼を訪ねる。彼はキリストに向かって、人間に自由を与えたのは間違いだったと批判する。弱い人間にとって自由は刑罰であり、耐えられない重荷になってしまう。「羊の群れをばらばらにして、案内も知らぬ道へわかれわかれに追い散らしたのはだれだ？　しかし、羊の群れもまたふたたび呼び集められて、こんどこそ永久におとなしくなるであろう。[*7]」

ここで言われる〈羊〉をもじって『羊をめぐる冒険』と名づけられた、とまで言うつもりも、そう強調する意味もないが、『カラマーゾフの兄弟』もまた〈羊をめぐる冒険〉だったのだ、と振り返ることはできる。

小説で、幾度もドストエフスキイの名前が語られるのには理由があるだろう。

『カラマーゾフの兄弟』に描かれた大審問官の支配する王国が、二十世紀の全体主義を予言していた、ということはよく言われることで、二十世紀は全体主義、アンチ・ユートピアの実現という大きな傷を人類の記憶に残したが、その悲惨を表現した三つの作品が『カラマーゾフの兄弟』に続いたというのも、文学的な常識の範囲だろうか。それは一九二一年にロシア革命の変質を予見し、スターリニズムの恐怖を予言したザミャーチンの『われら』、一九三二年のハックスリ『すばらしい新世界』、そして一九四八年に書かれたオーウェルの『１９８４年』である。*8

それではこの三つの作品に共通の構造は何か?

第一に〈権力からの自由〉を批判的メッセージとして持つ、ということ。『すばらしい新世界』で野蛮人は「ぼくは、みなさんを自由にしてあげるために来た」「君たちは奴隷の身分でいたいのか」と語る。

第二に、この〈拒否〉の闘いが、一対の男性と女性のペアの闘いであること。これはヨーロッパの物語の定型と関わるものか。男女一対の闘いとしないことで、『羊をめぐる冒険』から受ける感覚は変化するか?　孤独な空虚の感覚は強まるだろう。

プロトタイプ5：物語機能としての〈分身〉

〈分身〉物語についてはたくさんの分類が可能であるが、物語の機能という視点から見るとたとえば二つの分類ができる。

A　分身の死が、自分の死につながる場合（ポオの『ウィリアム・ウィルソン』が典型的だろう）

B　分身の死によって、自分の新しい生が強められる場合（『罪と罰』のラスコーリニコフとスヴィドリガイロフの関係は相補的なものだ）

『罪と罰』の創作ノートには「ソーニャは希望、スヴィドリガイロフは絶望」と書かれている。主人公ラスコーリニコフはその両者の間で引き裂かれている。物語の終わりで、彼はスヴィドリガイロフの死（自殺）を契機としてソーニャの愛による救済の方へと大きく振れていく。そしてここで注意したいのは、スヴィドリガイロフの自殺のあと、ラスコーリニコフの復活が語られる場面に、作者ドストエフスキイのメッセージが乗っている、ということだ。

だがそのやつれた蒼白い顔にはもう新生活への更正、訪れようとする完全な復活の曙光《しょこう》が輝いていた。

（「エピローグ」より）

ここにはドストエフスキイという生身の作家のメッセージが込められている。さらに注意したいことは、この十九世紀小説では、〈作中人物の復活〉は、同時に、〈この世界の復活〉という〈歴史〉と緊密に結び合わされて構想されている、という点だ。『罪と罰』で、ラスコーリニコフはシベリアに送られて世界滅亡の夢を見る。それはヨハネの黙示録の〈引用〉だ。作家は現実の人類史を黙示録のヴィジョンから物語化していた。それでは同じ様な、世界や歴史を意味づけ、物語化しうるヴィジョンが私たちの手元に残っているだろうか？

村上春樹の『羊をめぐる冒険』では、〈鼠〉という分身が死に、〈僕〉は生の世界へ帰ってくる。しかしその結果、十九世紀小説のように、〈僕〉は作者の〈理想〉、あるいは〈新しく生まれ変わる世界の姿〉を〈メッセージ〉として発してはいない。

何はともあれ、僕は生ある世界に戻ってきたのだ。たとえそれが退屈さにみちた凡庸な世界であるにせよ、それは僕の世界なのだ。

（下、二四五ページ）

どこに行けばいいのかはわからなかったけれど、とにかく僕は立ち上り、ズボンについた細かい砂を払った。

（下、二五七ページ）

何も変わらない、世界も僕も……これが私たちの前にある二十世紀小説の姿である。ではこの世界は変化しようがないのか？　輝かない日々に耐えるしかないのか？現代の私たちの生の感覚を深いところで支えているのは、いわゆる〈ポストモダン〉の歴史感覚だろうか。リオタールは一九七九年に次のように書いた。

精神の弁証法、意味の解釈学、理性的人間あるいは労働者としての主体の解放、富の発展など、近代の信念を形成し社会を主導してきた〈大きな物語〉の危機が訪れている。

物語機能は、真なる物語を構成する関係の諸要素、偉大な主人公、重大な危機、華々しい遍歴、崇高な目標を失いつつあり、世界は多様で異質な諸体系のゲームの中にある。*9

この世界には〈目的・意味〉も〈統一〉も〈真理〉もない、〈生成では何も目指されてはいない〉とはすでに二十世紀の初めにニーチェが書き付けていたことであり（『権力への意志』）、そこから〈肯定的ニヒリズム〉も生まれていく。

リオタールの物語論はきわめてロマンティックなもので、そのままドストエフスキイの未完の小説『地下室の手記』で、主人公自身が自己確認として言っていたことだ。

ドストエフスキイはこうしてロマンティックな物語が失われた後の姿として〈生→死→復活〉というV字形の〈大きな物語〉を支えとしていったのだ。

では私たちはそれをも失っているのか？

前述のように、『カラマーゾフの兄弟』に始まるアンチ・ユートピア小説の歴史は、ザミャーチン『われら』、ハックスリ『すばらしい新世界』、オーウェル『１９８４年』まで、〈権力vs自由〉という〈観念vs観念〉の物語だった。

村上春樹のアンチ・ユートピア小説『羊をめぐる冒険』では羊の〈観念の王国〉に対置されているのは〈自由という観念〉ではない。ここでもまた〈自由を求める闘争〉といった〈大きな物語〉

に向かって収斂させることは周到に避けられている。この意味で〈鼠〉はなぜ拒否したか、という小説末尾の問答は重要である。

「そのあとには何が来ることになっていたんだ？」

「完全にアナーキーな観念の王国だよ。そこではあらゆる対立が一体化するんだ。その中心に俺と羊がいる」

「何故拒否したんだ？」

時は死に絶えていた。死に絶えた時の上に音もなく雪が積っていた。

「俺は俺の弱さが好きなんだよ。苦しさや辛さも好きだ。夏の光や風の匂いや蟬の声や、そんなものが好きなんだ。君と飲むビールや……」鼠はそこで言葉を呑みこんだ。「わからないよ」

僕は言葉を探した。しかし言葉はみつからなかった。

（下、二二八ページ）

戦いの根拠を〈自由という観念〉ではなく〈弱さ〉という位相に変え、議論のレベルを感性的なものあるいは日常のあれこれへと上昇／下降させている。これは十九世紀タイプのイデオロギー小説から決別するきわめて魅力的な展開、転換であろうと思われる。

もしも〈自由〉をめぐる闘争であれば〈共闘〉になる。一九六〇年代終わりの闘争は観念としての〈自由〉をめぐる共闘であったかもしれない。作者はそこからの出発をこう語っている。

それに僕らが一九七〇年に叫んだノオだって、結果的には何の意味も持たなかった。その動機はべつに間違ってはいなかったと思う。やりかたもああする以外になかったと思う。でも結局は何の意味も持たなかった。そこから始まってるんですよね、すべては。じゃあああの異議申し立てというのはいったい何だったんだと。[*10]

七〇年代、八〇年代に日本において〈観念〉は死に絶える。それが良いことだったか、悪しきことだったか、ということとは別に、確かに死に絶えた。日本でのこの転換期を表現してきたのが村上春樹の小説だった。

僕らはもう共闘することはできないんですね。それはもう個人個人の自分の内部での戦いになってくる。というか、もう一度そこの部分から始める必要がある。状況をどう受け入れるか、どう自分を異化させるか、そこでどのような価値観を作っていくか。ちょうど『羊をめぐる冒険』で「鼠」が羊を飲み込んだみたいにね。ひとりひとりが自分でそれを飲み込まなくてはならない。そこには共闘というものはないですね。シンパシーを感じあうことはできる。共感することはできる。でも共闘はできない。そういう意味ではむずかしい時代ですね。孤独な時代だと思う。だからもし僕の小説がある種の人々のシンパシーを得ることができているとすれば、それはそういうことだと思うんです。

ここまで主にドストエフスキイと対比しつつ、『羊をめぐる冒険』を物語のプロトタイプという視点から読み解いてきた。

ところで〈物語〉は歴史的に古い出自を持つと同時に、また地域的な差異、文化圏の差異を持つ、ということも了解されるだろう。

最後に『羊をめぐる冒険』の終わりかたをめぐってもう一つのプロトタイプについて触れておきたい。

先にも触れたが「これまで〔『ねじまき鳥クロニクル』以前〕のぼくの小説は、何かを求めるけれども、最後に求めるものが消えてしまうという一種の聖杯伝説という形をとることが多かった」と作者自身が言う。

ヨーロッパ・タイプの物語構造から見る時、これは確かに「聖盃伝説のデカダンス」（四方田犬彦）であり、物語要素の欠落であるわけだ。しかし獲得物語あるいは成長物語を構成しない、というのは、その背後に実は文化圏の異なる空間の、もう一つの物語プロトタイプを下支えとして持っているのではないか、という可能性を考えておきたい。

プロトタイプ6：〈出会い／別れ〉

① 日本昔話の構造

最初にプロップの魔法物語の構造分析を見た。そこで、この構造はインド・ヨーロッパの昔話に共通のものであるらしい、というロダーリの見解を紹介した。では日本の昔話ではこの構造は安定しているのだろうか？

小澤俊夫は『日本昔話通観』の「宮城篇」の二四七話を分析してプロップの構造と比較している。その結論部分を見よう。

> まず、主人公についていえば、子どもないし娘を主人公とする話が意外に少ないことが明らかになった。
>
> 若者が主人公であれば、上向きの前半生を語る話が多くて当然と考えられるのだが、じつは一四・七％にすぎない。他方、一夜ないし一時期の体験の話が合計七九・四％もあることは驚くばかりである。

小澤はさらに昔話を分析してプロップと対照する表現をしている。

おとな・一夜の話型で、主人公の境遇不変で終わる話の第三項（主なモチーフ）に何があるかをみる。そこにはまず、撃退、征服、正体暴露など、主人公側からの能動的行為があることがわかる。そして他方では、動物に恩返しされたり、超自然者に定められたりする、受動的な行為もみられる。いずれの場合にも、話の終結形としては幸福の獲得があっていいはずであるが、それはなく、主人公の境遇不変で終っている。ここでもまた上述した、日本昔話における幸福追求の弱さをいうことができる。[*11]

②　日本昔話のプロトタイプ

しかし、この形でも物語が終結した、と感じる感性もあるはずだ。それでなければ伝承の担い手は何かを付加してきたはずだろう。日本の民衆は〈境遇不変〉の物語に何かの成就を見ていたと考えることもできるのではないか？

池上嘉彦は同じく動物の恩返しの物語を対象に、日本の民話の〈境遇不変〉を別の意味として解いている。

　これら一連の民話は、構造的に〈出会い／別れ〉といういくつかのサイクルから成り立っているということを見ました。ところで、そのような〈出会い／別れ〉のサイクルの中でも、どれがいちばん重要なものであるかといえば、人間である主人公と超自然的な女性との〈出会い／別れ〉ということでしょう。〈……〉人間の主人公は、どの話でもその結末のところでは、

〈話の発端におけるのと同じように〉不幸な状態にいます。話が示唆しているのは、〈幸福〉とは人間界に属するものではないということのようです。話を構成している〈出会い／別れ〉のサイクルは、すべてこのテーマ――人間の幸福のはかなさ、不幸であるべく運命づけられている人間――をさまざまに変奏して演じていると考えることができるでしょう。これが物語がその構造によって語っている「意味」です。[*12]

③「われわれの美意識」とは？

それではヨーロッパの獲得型の民話構造は何を意味しているのか？

ユング派の意識論の表現によれば「男性原理の支配する文化における、自我の確立過程を示しているものと考えられる」とされる。[*13]

河合隼雄は続けて言う。

男性原理が強く支配するヨーロッパ文化圏において、女性性をいかに獲得し、補償するかという動きを示しているものとも考えられる。男性と女性、日常と非日常の統合によって、以前よりは高次の統合が完成するのである。

このように、西洋の『見るなの座敷』は、それが何を意味するかを比較的明確に言うことができる。これに対して、日本の話はどうであろうか。わが国の物語のヒーローは、せっかくこの世ならぬ美女に会いながら、最後はすべてのものが消え失せた野原に、茫然として立ちつくす、ということになってしまう。一体何が起ったのであろうか。

河合はこれを「『無』が生じたのだ」、「『うぐいすの里』の話は、根源的な無に対する民衆の与えたひとつの解釈なのである」と意味付けている。河合によればそれは日本人的な美意識の表現である。

西洋の物語は、それ自身がひとつの完結された形をもち、その完結性がわれわれの心を打つ。これに対して、わが国の物語は、むしろそれ自身としては完結していないように見えながら、その話によって聞き手が感じる感情を考慮することによってはじめて、ひとつの完成をみるものとなっている。つまり、日本人であるかぎり、黙って消え去ってゆく女性像に対して感じる『あわれ』の感情を抜きにして、この話の全体を論じることはできないのである。

『羊をめぐる冒険』は、主人公の成長物語ではない。当然、成長の過程で出会うはずの〈父親との抗争〉というモチーフも欠けている。そして、何かの獲得によって終わるのでもない。アンチユートピア・プロトタイプのところで指摘したようにともに闘う女性も存在しないから、男性原理が高次の再統一を獲得するということもない。

それでも作品は完結しているように感じられる。ではその作品を支えていたものは何か？　そこにプロトタイプとして、日本民話の物語構造が作用しているのではないか？

それは日本の昔話が持っていた〈出会い／別れ〉のプロセスを経ての〈境遇不変〉の終結部の発する〈余韻〉だったのではないか？

『羊をめぐる冒険』のラストは、〈すべてのものが消え失せた場所に茫然として立ち尽くしている主人公〉の姿であり、日本の読者はそこに〈あわれ〉を感じてきたのだろうか。聖盃伝説が獲得物語とならないのは、非獲得型という日本昔話の磁場が支えている、という考え方は可能か。ここには〈禁止／違反〉があったわけではないが、異界の者との〈出会い／別れ〉の余韻は物語の終結を物語っているように感じられるだろう。

僕は川に沿って河口まで歩き、最後に残された五十メートルの砂浜に腰を下ろし、二時間泣いた。そんなに泣いたのは生まれてはじめてだった。二時間泣いてからやっと立ち上ることができた。どこに行けばいいのかはわからなかったけれど、とにかく僕は立ち上り、ズボンについた細かい砂を払った。日はすっかり暮れていて、歩き始めると背中に小さな波の音が聞こえた。

（下、二五七ページ）

物語の型というものは、もとより、現われであって、背後でさらにそれを支えているのは宇宙観あるいは美的感覚といったものなのだろう。物語はそれに支えられてリアリティを持つ。個人の意識はさらにその上にのっている、という構造になるか。

本章の最初に戻ろう。オウムの現象は、自己を生かす物語が全て奪われ、物語を育む共同体が解体する七〇年代、八〇年代の空虚な日本社会の中で起こった。ジャンクで分かり易い物語に自己の物語を売り渡すという形で。私たちの周りで、世界の諸民族、文化圏が醸成し、守ってきた有効な物語が次々と解体してゆくということがあった。

『羊をめぐる冒険』が、もしも本当に日本昔話の構造という磁場の照射を受けているとしたら、この〈構造〉とそれを支える世界あるいは〈日本〉社会はなおも生きている、ということになるのだろうか？　〈日本的〉あるいはもっと広がりを持った文化圏の持つ宇宙観のようなものに裏付けられた〈物語〉を立ち上げることがまだ可能だということができるのだろうか？

Ⅱ　『海辺のカフカ』とドストエフスキイ

〈暴力〉へのコミットメント

僕らのまわりにある現実とは不吉な予言の実現の集積でしかないからだ。どの日の新聞だっていい、新聞を開いてそこにある善いニュースと悪いニュースとを天秤にかけてみれば、それは誰にでも簡単にわかる。[*14]

（上、三二七〜三二八ページ）

では『海辺のカフカ』が直接に扱っている事件とはいかなるものか？

一九四四年の十一月七日午前十時前後に山梨県のある場所で岡持節子という小学校の教員が児童を十六人引率して野外実習をしていた。

たぶん午前10時を少し過ぎたころだったと思いますが、空のずっと上の方に銀色の光が見えました。銀色の鮮やかなきらめきでした。ええ、間違いなく金属の反射する光でした。

（上、二八ページ）

それからまもなく全員で森に入り、森が開けた「広場」と呼ばれる場所に着いて、キノコ探しを始める。

子どもたちが地面に倒れ始めたのは、その「広場」を中心にキノコとりを始めてからおおよそ10分くらいたってからです。

最初に地面に3人の子どもたちがかたまって倒れているのを目にしたとき、私はまず毒キノコを食べたのではないかと考えました。〈……〉

私はあわててそこに駆け寄り、地面に倒れている子どもたちを抱き起こしました。子どもたちの身体はまるで、太陽の熱で柔らかくなったゴムみたいにぐんにゃりとしていました。力がすっかり抜けてしまっていて、なんだか抜け殻を抱いているみたいでした。でも呼吸はしっかりしていました。手首に指をあててみますと、脈拍もだいたい正常のようでした。熱もありません。表情も穏やかで、苦しんでいる様子も見受けられません。蜂に刺されたとか、蛇に噛まれたとか、そういうのでもなさそうです。ただ意識がないのです。（上、三四～三五ページ）

子どもたちはやがて一時的な麻痺状態から脱して、少しずつ自然に回復していくが、ナカタサトルという東京の子ども一人だけは意識を取り戻さないまま、ある期間が過ぎる。

村上春樹が『アンダーグラウンド』の作者であることを知っている私たちは、ここでオウム真理教によって起こされた〈地下鉄サリン事件〉を思い起こすのではないか？　あるいは〈松本サリン事件〉を？

〈成長物語〉の構造

15歳の誕生日がやってきたとき、僕は家を出て遠くの知らない街に行き、小さな図書館の片隅で暮らすようになる。（上、十二ページ）

十五歳の少年という設定をどのように考えるべきか？　文化歴史学派の手法をとるとすれば、私は現代日本社会における少年犯罪ということを思い出す。十五歳とは、暴力の行使者にもなっている、という現実である。

中学校に入ってからの2年間、僕はその日のために、集中して身体を鍛えた。

（上、十七ページ）

『海辺のカフカ』が、村上春樹の世界にはこれまではっきりとは姿を現さなかった〈成長の物語〉であることが明瞭に宣言されている。

これまで『スプートニクの恋人』にいたるまで、村上春樹は〈主人公の成長〉を軸の一つとする長編小説は書いていない。『海辺のカフカ』では、田中カフカ以外にも、佐伯さんの恋人の〈物語〉として「少年は18歳になって東京の大学に進んだ」と〈出立〉および〈試練〉が語られる。

それは百万にひとつの運命的な結びつきであり、そもそもの最初から分離不可能なものだったんだ。彼女にはそれがわかっていた。彼にはわからなかった。あるいはわかっていても、そのまますんなり受けいれることができなかった。だからあえて彼は東京に出ていった。試練をくぐり抜けることで、二人の関係をよりたしかなものにしたいと思ったんだろうね。男という

のは往々にしてそういう考えかたをする。（上、三三二〜三三三ページ）

ところで、この作家が〈成長の物語〉に単純に回帰するはずはない。たどりついた高松の図書館で「僕」は夏目漱石の『坑夫』を読む。そして、その面白さについて大島さんに語る。

「君が言いたいのは、『抗夫』という小説は『三四郎』みたいな、いわゆる近代教養小説とは成り立ちがずいぶんちがっているということかな？」

僕はうなずく。「うん、むずかしいことはよくわからないけど、そういうことかもしれない。三四郎は物語の中で成長していく。壁にぶつかり、それについてまじめに考え、なんとか乗り越えようとする。そうですね？　でも『抗夫』の主人公はぜんぜんちがう。彼は目の前にでてくるものをただだらだらと眺め、そのまま受け入れているだけです。もちろんそのときどきの感想みたいなのはあるけど、とくに真剣なものじゃない。それよりはむしろ自分の起こした恋愛事件のことばかりくよくよと振りかえっている。そして少なくともみかけは、穴に入ったときとほとんど変わらない状態で外に出てきます。つまり彼にとって、自分で判断したとか選択したとか、そういうことってほとんどなにもないんです。なんていうのかな、すごく受け身です。でも僕は思うんだけど、人間というのはじっさいには、そんなに簡単に自分の力でものごとを選択したりできないものなんじゃないかな」

「それで君は自分をある程度その『抗夫』の主人公にかさねているわけかな?」

僕は首を振る。「そういうわけじゃありません。そんなことは考えもしなかった」

「でも人間はなにかに自分を付着させて生きていくものだよ」と大島さんは言う。「そうしないわけにはいかないんだ。君だって知らず知らずそうしているはずだ。ゲーテが言っているように、世界の万物はメタファーだ」

僕はそれについて考えてみる。


(上、二二一〜二二三ページ)

このように作中人物同士が〈成長の物語〉の意味について語り合っている。物語の構造について物語の中で語られている。その事情は題名に関わる「カフカ」についても同じだ。こうした自己言及的な、合わせ鏡のような小説であることが、『海辺のカフカ』の特徴の一つと言える(作中で、もっとも成長するのは星野君かもしれない)。

父親との闘い:プロット(筋)の問題

家を出るときに父の書斎から黙って持ちだしたのは、現金だけじゃない。古い小さな金のライター(そのデザインと重みが気にいっていた)と、鋭い刃先をもった折り畳み式のナイフ。

（上、十四ページ）

ここにはこれまで村上春樹の作品には現れなかった〈父と息子の抗争〉というモチーフが現れている。

ヨーロッパ文学の最も重要な三つの作品が共通して扱っているのは、〈父親殺し〉のテーマだ、と言ったのはフロイトだった。その三つとはソポクレスの『オイディプス王』、シェイクスピアの『ハムレット』、そしてドストエフスキイの『カラマーゾフの兄弟』だ。

この三つの作品に限らず、実は〈父と息子の抗争〉は多くの民族、文化、そして時代に共通する物語構造であると言える。

たとえばギリシャ神話ではテーレゴノスが父オデュッセウスを求めて旅立つ。イタケーにいたった彼は家畜をさらい、賊を討ちに来た父をそれと知らずに殺害する。

ペルシャではルステムが子を殺害し、ケルトのクフラインも美女アイフェとの間にもうけた子コンラオフを刺し殺す。

フランスにも、ドイツ、イギリス、デンマークやジプシーのバラードなどにも〈父と子の抗争〉は広く見られる。*15

ロシアでは『イリヤ・ムウロメッツ』があり、日本では『古事記』の景行天皇と倭建命との関係がこのプロトタイプを表現している。

なぜ世界各地に〈父と子の抗争〉という構造が現れるのか？

これに対してはフロイトが『トーテムとタブー』や論文「ドストエフスキイの父親殺し」で、息子の成長が父の支配に闘いを挑むのだ、と説明している。

フロイトによれば「人類を全体として見ても、また個々人として考えて見ても、その一番重大で、かつ一番最初の犯罪が父親殺しであるという主張の存在することはあまねく知られている。いずれにせよ、罪悪感の主要な源泉が父親殺しにあることは間違いない。」「少年の父親にたいする関係は、われわれの用語でいえば、アンビヴァレント（両立的）なものである。競争者としての父親を亡きものにしたいという憎悪感のほかに、父親にたいする一定度の愛情が存するというのが通常である。」

父親にとってかわろうとする願望を抑え込むことから罪悪感が生まれる。これがエディプス・コンプレクスがたどる正常な運命である、と言う。[*16]

こうした見方と『海辺のカフカ』とはどのように関わるのだろうか？

実に多くの物語を作品の中に活かしていく村上春樹は、しかしこれまで意識的にこの物語、プロトタイプを拒否してきた。中上健次がドストエフスキイの『カラマーゾフの兄弟』と格闘するようにして書いた『枯木灘』に、〈父と子の抗争〉が強烈に現れるのとは対照的だ。[*17] これはなぜか？

村上春樹は成長物語の構造を長い間、使わなかった。成長の過程でなら、親という権力とぶつかるのが自然だ。でも成長を描かないとしたら、父と息子の戦いもまたリアルではなかったのだろう。

「夢の回路」：無意識の構造から読む

『海辺のカフカ』では少年時代のナカタさんにも、父の暴力が及んでいた、とされている。

> 彼は自制心の強い子どもであり、私たちの目から微妙にその「怯え」を押し隠しておりました。しかし何かがあったときの、かすかな筋肉のひきつりまでを隠しきることはできません。多かれ少なかれ家庭内での暴力があったに違いないというのが、私の推測でございます。子どもたちと日々つきあっておりますと、それはだいたいわかります。　（上、二二四〜二二五ページ）

では『海辺のカフカ』は、〈父の暴力〉に対する二人の主人公の〈共闘〉の物語と読むことができるのだろうか？　ここで再びフロイトを思い出そう。

フロイトは「トーテムとタブー」（一九一三年）で、こうした考え方を明確に書いていた。ここでも『カラマーゾフの兄弟』をやや思わせる個所がある。

> 彼ら〈徒党を組んだ兄弟たち〉は自分たちの権力欲と性的要求の大きな障害となっている父親を憎んだのであるが、彼らはまたその父親を愛し、賛美もしていたのである。
> 彼らは父親を片づけて憎悪を満足させ、父親と一体化しようという願望を実現してしまうと、

いままでおさえていた愛情が頭をもたげてきたにちがいない。これは悔恨という形をとって現われ、また共通に感じられている悔恨に照応する罪意識が生じたのである。こうして、死んだ父親は生きていたときよりも強くなってしまう。

兄弟たちによる厳父殺害という犯罪行為が関与者相互を結びつけ、社会組織、道徳的制約、宗教など多くのものが生じた、とフロイトは考える。

フロイトはこの長い論文の最後に、「キリスト教神話においては、人間の原罪とは疑いもなく父なる神にたいする罪である」とキリスト教の分析を行っている。

こうしたヴィジョンはドストエフスキイの『カラマーゾフの兄弟』のドミートリイとイワン、そしてスメルジャコフの〈共犯〉関係を説明するのにはぴったりだった。[*18]

『海辺のカフカ』では田村君とナカタさんは〈共犯〉関係にあるだろうか？『カラマーゾフの兄弟』のようには、あるいはフロイトの精神分析のようには、『海辺のカフカ』は〈暗く〉ない。

「だって君はお父さんを殺してはいない。君はそのときこの高松にいた。誰か別の人間が東京でお父さんを殺した。そういうことになるね？」

僕は黙って自分の手を広げ、それを眺める。夜の深い闇の中で、真っ黒な不吉な血にまみれていたその両手を。

（上、四三〇ページ）

田村君とはまったく別に、〈共犯〉関係なしに、少年に血を流させないために〈血は少年のもとに付着するが〉、父親殺しをさせないために、ナカタさんは、その行為を代行して死んでいく。そこにナカタさんの使命と恩寵がある。救済者あるいは〈援助者〉の役割がある。この〈代行〉を可能にしたのが「夢の回路」だ。

「僕は夢をとおして父を殺したのかもしれない。とくべつな夢の回路みたいなのをとおって、父を殺しにいったのかもしれない。」

（上、四三一ページ）

「予言」の機能：悲劇における運命の美的機能について

父親殺しのフロイトによる分析で、すでにソポクレスの『オイディプス王』に触れた。『海辺のカフカ』は、ここでもメタフィクションとしての顔を覗かせる。

田村君は「ねえ、大島さん、父親が何年も前から予言していたことがあるんだ」と言う。その予言とは「お前はいつかその手で父親を殺し、いつか母親と交わることになる」というものだった。

大島さんは言う。

「それはオイディプス王が受けた予言とまったく同じだ。そのことはもちろん君にはわかっているんだろうね？」
（上、四二七ページ）

そして小説ではそれに近いことが起こる。

田村君はこの予言から遠くへと逃げようとする。

「とにかくそれが君がはるばる四国まで逃げてきた理由なんだね。お父さんの呪いから逃れることが」と大島さんは言う。

僕はうなずく。そして畳まれた新聞を指さす。「でもやっぱり逃れることはできなかったみたいだ」
（上、四三二ページ）

運命から逃れるために行動する――そのこともギリシャ悲劇のあり方と同じように書かれている。この悲劇についてはドストエフスキイの『白痴』に関する文章の中で作田啓一氏が詳しく論じていて、小説の捉え方の一つの方法を提示している。

ソポクレスの『オイディプス王』がもとづいている神話によれば、オイディプスの父母も、そしてオイディプス自身も、神託の言葉を聞き、それによって示されている運命を逃れるために行動するが、その行動が結果としては神託の言葉すなわち予言を実現してしまう。『現実とその写し——幻想論——』と題する魅力的な標題の小著（パリ、一九七六年）の中で、著者のクレマン・ロッセは、予言された運命に逆らおうとした人が、それにもかかわらず、思いがけない仕方で予言を成就してしまうところに、神託の実現に立ち会った人びとの驚きの本質がある、と述べている（三九－四十ページその他）。たとえば、オイディプスが父と信じている人物を殺すまいとしてコリントスから離れてゆく旅路で、それとは知らず本当の父を殺してしまうことに人びとは神秘を感じ、驚く、というわけである。しかし、そうであろうか。人びとは、同じ結果が、予期されていたのとは異なった仕方で起こったのに驚くのではなく、異なった仕方ではあるとしても結果が同じであったことに驚くのではあるまいか。私はその驚きの本質をこのように解したい。だがそうであるとしても、異なった仕方で起こったことに、驚きが追加される、とは言えないだろうか。そう言えるかもしれない。だが、本質的には、人は異なっているにもかかわらず、同じであったことに驚くのである。差異は同一を強調する役割しかもたない。人びとは、どんな逆説的な迂路を経るにせよ、予言が成就したことに運命の神秘を見いだして驚く。人びとはムイシュキンの予感を通じてナスターシャの運命が何であるかをあらかじめ知っている。そして、結末において、やはりそうであったことに驚くのである。[*19]

作田氏によれば現実と神託という異次元に属する二つの過程の遭遇が、それに立ち会った者の美的感動を呼び起こす、と言う。

それにしても『海辺のカフカ』では、『オイディプス王』と同じように、田村君の父の予言は（姉との交わりも含めて、すっかり）実現している、と読むのだろうか？「僕は父親をほんとうに殺したんだろうか？」

「損なってくるもの」との「戦い」をいかに描くか？：主題とジャンルの問題

村上春樹はさきほどのロングインタビューで〈主題〉ついて次のように語る。

僕がこの先小説の中で書いていきたいと思うのは、やはり悪についてですね。悪というもののかたちやあり方を、いろんな角度から書いていきたい。ドストエフスキーの『悪霊』は小説のスケール、完成度としては『カラマーゾフの兄弟』ほど圧倒的ではないと僕は考えているんだけれど、悪というものがさまざまなかたちをとって大地の底からじわじわとにじみ出てくる様子が、実にリアルに綿密に描かれている。そういうものを僕なりに腰を据えて書ければな、という思いはあります。

『海辺のカフカ』では〈悪〉をなすものとして〈父〉がいる。〈父性〉が〈悪〉と〈暴力〉をシンボライズしている。

たしかに田村君の父親は「悪しきもの」として描かれている（「父は自分のまわりにいる人間をすべて汚して、損なっていた」）。

田村君の父親が〈暴力〉の象徴的役割を担う、ということはジョニー・ウォーカー氏の猫喰いによって表されている。

猫の心臓を食う描写は、『ねじまき鳥クロニクル』の「皮剥ぎボリス」のひどくリアルな描写を思い起こさせる。村上春樹はあの小説から「悪」あるいは「暴力」を正面から描くようになった（〈学生運動の中での死〉ということは『風の歌を聴け』から常に語られていたが……）。

『海辺のカフカ』では、はっきりと現代の問題にコミットしていると言えそうだ。


ナカタさんは無言で椅子から立ち上がった。誰にも、ナカタさん自身にさえ、その行動を止めることはできなかった。彼は大きな足取りで前に進み、机の上に置いてあったナイフのひとつを、迷うことなくつかんだ。ステーキナイフのような形をした大型のナイフだった。ナカタさんはその木製の柄を握りしめ、刃の部分をジョニー・ウォーカーの胸に根もと近くまで、躊躇なく突き立てた。黒いヴェストの上から一度突き立て、それを引き抜き、また別の場所に思いきり突き立てた。

（上、三二四ページ）


ところで、こうしたコミットメントの姿勢は、前作の『神の子どもたちはみな踊る』[*20]にも現れていた。

連作短編の一つ「かえるくん、東京を救う」もまた、三人称（そのものではないかもしれない）で書かれている。地震を起こす「かえるくん」との戦いは次のように描かれていた。

「ぼくらは死力を尽くしました。ぼくらは……」、かえるくんはそこで口をつぐんで、大きく息をついた。「ぼくと片桐さんは、手にすることのできたすべての武器を用い、すべての勇気を使いました。闇はみみずくんの味方でした。片桐さんは運び込んだ足踏みの発電機を用いて、その場所に力のかぎり明るい光を注いでくれました。みみずくんは闇の幻影を駆使して片桐さんを追い払おうとしました。しかし片桐さんは踏みとどまりました。闇と光が激しくせめぎあいました。その光の中でぼくはみみずくんと格闘しました。みみずくんはぼくの身体に巻き付き、ねばねばした恐怖の液をかけました。ぼくはみみずくんをずたずたにしてやりました。でもずたずたにされてもみみずくんは死にません。彼はばらばらに分解するだけです。そして――」

そこでかえるくんは黙り込んだ。（一八〇～一八一ページ）

こうしてかえるくんは東京の壊滅をくい止めた。村上春樹の描き方は独特で、メタファーによるものである。

『海辺のカフカ』のロングインタビューで作者は言う。

だから僕の言う『社会とのコミットメント』というのは、具体的な政治参加をするとか、そういうことには限らないんですよね。小説家として、社会の枠組みの中に有機的にはめこまれ、アクチュアルに機能する物語をつくっていくこと、それも社会的コミットメントのひとつの大事なかたちなんだ。個人的でありながら、同時に社会的であるということも可能だと思うんです。麻原の提出したような、魅惑的ではあるけれど危険性を含んだ物語性に対抗できるような、別の価値を持った物語性を提出すること、それも我々フィクション・ライターに求められていることのひとつだという気がする。そういう視点からものを見ていかないと、現実的な政治に関わらない小説家には正しい政治性、社会性がない、みたいな極端なことになってしまいかねない。〈……〉

『ねじまき鳥クロニクル』ではワタヤノボルとか皮剥ボリスといった悪の世界に属する人物が出てきます。彼らが表象する悪の領域みたいな場所も出てくる。でも今度は象徴的であると同時に、細部的にリアルでもある悪みたいなものを書いてみたいという気持ちはあります。結局のところ、多くの場合、悪というのはそれ自体で自立したものじゃないんだよね。それは卑しさとか、臆病さとか、想像力のなさとか、そういう資質に連結したものなんだ。『悪霊』を読むとそういうことがよくわかります。ささやかなネガティブの集積の上に巨大な悪がある。

言う。

〈異界〉の変化

『海辺のカフカ』の最後に、「平らな盆地」からの帰り道で、二人の兵隊は田村カフカに繰り返し言う。


「うしろは振りかえらないほうがいいぞ」とがっしりした兵隊が言う。

「うん、そのほうがいい」と背の高い兵隊が言う。

そして僕らは再び森を抜ける。

しかし僕は坂をのぼりながら、一度だけちらりとうしろを振りかえってしまう。

（下、四七五ページ）


「もうひとつ」と背の高いほうが言う。「ここをいったん離れたら、目的地に着くまで、君は二度とうしろを振りかえっちゃいけないよ」

（下、四七八ページ）


なぜこれほど「うしろを振りかえる」ことが禁止されているのか？

私たちはここでもギリシャ神話を想起するだろう。多くの現代の作品を生み出す（映画「黒いオルフェ」など）ことになった、愛する妻を失って冥府を訪れるオルペウスの物語だ。いま高津春繁

『ギリシア・ローマ神話辞典』[*21]によって、この物語のあらすじを確認しておこう。

　彼（オルペウス）はドリュアスたちの一人であるニンフのエウリュディケーを妻とし、熱愛していた。彼女はアポローンの娘ともいわれる。ある日彼女が河の岸を散歩していると、アリスタイオスが彼女を犯さんとした。逃げるあいだに草むらのなかにいた蛇に咬まれて彼女は世を去った。オルペウスはいかなる危険を冒してでも、妻を取り戻そうと、冥界に降った。彼の音楽は冥界のあらゆるものを魅了し、ためにイクシーオーンの車輪は回転を止め、タンタロスは渇を忘れ、シーシュポスの岩はおのずから静止し、ダナオスの娘らは水を汲むのをやめた。ハーデースとペルセポネーはオルペウスが地上に帰りつくまで、うしろをふりむかないならば、との条件でエウリュディケーが地上に戻ることを許した。オルペウスはこの条件を喜んで容れ、まさに地上に出て太陽の光を見ようとするとき、地獄の女王に対する不信からか、あるいは妻の顔を見たくなったためか、ついにうしろを振りかえって妻の姿を見ようとすると、エウリュディケーはたちまちにして冥界に引き戻された。彼はふたたび妻を追って冥府に帰ろうとしたが、三途の川の渡守りカローンはこれを許さず、望みを果たせなかった。

オルペウスの物語は『海辺のカフカ』と響きあうものが多くあるのに気づく。
愛する女性の手を引いて戻ってくるオルペウスと、女性のもとを去って戻る田村カフカとは大きく異なっているが、〈愛する者を求めて冥界に下る〉という基本的な文脈は通じるものがある。これは村上春樹の文学の常に変わらぬ構造だが、『海辺のカフカ』では特に、〈音楽〉というオルペウス物語の要素も、作品の主題と関わってくる。

死と再生の儀式：イニシエーションということ

死と向かい合うこの〈冥府下り〉ということにどんな意味があるのか？

『海辺のカフカ』について早く書かれた評論として、ユング派の心理学者、河合隼雄氏のものがある。「本書を、十五歳の少年のイニシエーションの過程を描いたものと言う人があるかも知れない。イニシエーションと言いたいのなら、私はそのような個人のことではなく、現代人全体にとってのイニシエーションの物語として見るべきだと思う。そのような意味で、この十五歳の少年の物語は、現代に生きるすべての者に深い示唆を与えてくれる。[*22]」

もう少し詳しく立ち止まってみよう。以下、ユング派の心理学者ジョセフ・L・ヘンダーソンの「古代神話と現代人」という論文[*23]と併せて考えていく。

まずヘンダーソンはこれは両親からの乳離れの儀式である、と言う。

古代の歴史や現代の未開人社会の儀式には、イニシエーションの神話や儀式についての豊富な資料がある。その儀式によって、若い男女が両親から乳離れして、強制的にその一族や種族のメンバーに加えられるのである。しかし子どもの世界から引き離すことによって、原初の両親の元型は傷つくであろうし、この傷は集団生活への同化という治療過程を通じて癒されなければならないのである。（集団と個人との同化はトーテム信仰の動物としてしばしば象徴化されている。）そのようにして、集団は傷ついた元型の要求を充足させ、そして、第二の両親のようなものになる。この両親のために、若者は初め象徴的に犠牲になるわけであるが、これはひとえに、新しい人生に再出発するためなのである。

『海辺のカフカ』の田村カフカもまた、小説の中で両親から〈乳離れ〉して、〈象徴的な犠牲〉のプロセスを経て、新しい生に向かって出発する。その意味で、たしかにこれはイニシエーションの物語である、と言うことはできる。ヘンダーソンは続ける。

〝若者をおさえつけるような力に捧げられる生けにえそっくりの激烈な儀式〟とユング博士が評したこの儀式において、われわれは、原初的な元型の力が、英雄対竜の戦いに象徴されるような方法では、どうして永遠に克服されないのかを見るのである。すなわち、そのような方法では、必ず、無意識の豊かな力から疎外されているという欠如感を伴う。われわれは「双生児」神話において、自我と自己のあいだの行き過ぎた分離を表す彼らの高慢（hubris）が、自分たちの所業を前にして感じる恐怖によって、どのように修正され、彼らをして、自我と自己の調和的な関係に仕方なく立ち戻らせるかを見た。

部族的社会で、最も効果的にこの問題を解決するのがイニシエーションの儀式である。この儀式は候補者を、原初的な母と子の同一性、または自我と自己との同一性の最も深い水準に立ち返らせ、こうして彼に象徴的な死を体験させるのである。言いかえるならば、彼の同一性は一時的に普遍的無意識のなかに分割され、解消されるのだ。その状態から、ついで彼は、儀式的に、新生の儀式によって救い出される。これが、トーテム、氏族、部族あるいは、この三者の結合したものとして表されるより大きい集団と自我とを真に結合させる最初の行為である。

ここではイニシエーションにおいて〈原初的な母と子の同一性〉〈自我と自己の同一性〉が深い水準でなされる、ということが重要だ。

小説では最終的に、カラスと呼ばれる少年と田村カフカ少年の分離が統合されていくことが暗示されている。

ヘンダーソンがイニシエーションは人生のあらゆる段階に関わるものである、と言っていることは、先に河合隼雄が「現代人全体にとってのイニシエーションの物語として見るべきだと思う。」と言っていたことと呼応する。

小説では十五歳の少年田村カフカは二度、死の体験をする。二度目はもちろん〈森の奥〉への〈冥府下り〉だが、一度目は五月二十八日の体験だ。

意識が戻ったとき、僕は深い茂みの中にいる。湿った地面の上に丸太のように横になっている。あたりは深い闇《やみ》に包まれていて、なにも見えない。

（上、一四〇ページ）

左肩に鈍い痛みがある。肉体的な感覚が戻ると、それにあわせて痛みの感覚も戻ってくる。なにかに激しくぶつかったときの痛みだ。

（上、一四二ページ）

気持を落ち着けるために、僕は意識的に時間をかけてダンガリーシャツを脱ぎ、Tシャツを頭から脱ぐ。そしてちらつく蛍光灯の光の下で、そこに染みついているのが赤黒い血であることを知る。

（上、一四四ページ）

ヘンダーソンはイニシエーションについて英雄神話と対比させてこう言う。

英雄神話とイニシエーションの儀式とのあいだには、ひとつの驚くべき差異がある。典型的な英雄の像は、その野望を達成するためにあらゆる努力をする。要するに、たとえ彼らがすぐあとで、高慢のゆえに罰せられようが殺されようが、とにかく目的を達する。これにひきかえ、イニシエーションの候補者は、気ままな野心やすべての欲望を捨て去り、苦難に従うことを要請される。彼は成功する希望なしに、この試練を喜んで経験しなければならない。事実、彼は死の準備もしなければならない。試練の印が穏やかなものであろうと（一定期間の断食や歯を叩き折ったり、入墨をしたり）、あるいは苦痛に満ちたものであろうと（割礼の切開やその他の切断による傷の苦しみ）、目的はいつも同一である。すなわち、再生の象徴的気分を湧き出させるような、死の象徴的ムードをつくることである。

突然に、わけも分からずに〈苦難に従う〉ことを要求される田村カフカの体験は、たしかにイニシエーションの象徴的な死の体験だっただろう。

ジャンルについて(1)：〈異界〉のもう一つの読み方

森の奥は〈冥界〉である。そのことは次のように描写されている。

高い枝にとまった鳥たちが、短く鳴きあって意味ありげな合図をおくる。（下、三七二ページ）

頭上でまた鳥が鋭い鳴き声をあげる。空を見あげる。そこにはのっぺりとした灰色の雲があるだけだ。風はない。（下、三七四ページ）

ここで私たちは『羊をめぐる冒険』における〈冥府下り〉の描写を思い出すだろう。

おそろしく静かだった。風の音さえ広大な林の中に呑み込まれていた。黒いむっくりとした鳥が時折赤い舌を出してあたりの空気を鋭く裂いたが、鳥がどこかに消えてしまうと、沈黙がやわらかなゼリーのようにそのすきまを埋めた。

（下、一三八～一三九ページ）

「鋭い鳴き声をあげる鳥」は村上作品においては〈死〉の象徴的表現である。

たしかに「入り口」から先の道はすごくわかりにくくなっている。というか、それはまったくのところもう道であることをやめてしまっている。森は前にも増して深く巨大になる。足もとの傾斜はずっと急になり、茂みや下草が地面を厳しく覆っている。
空はほとんど姿を消し、あたりは夕暮れどきのように暗くなっている。（下、四〇八ページ）

このようにあの「平らな盆地」はたしかに〈冥界〉〈冥府〉なのだろう。
しかしこの〈異界〉はかつてのように不吉で凶兆に包まれているばかりではない。ここでは、これまでの村上作品とは違う新しいテーマが浮かんできているようだ。これが『海辺のカフカ』がこれまでと異なる第三の点だ。
この〈異界〉には人が住んでいる。つまり、一方で死者の国であると同時に、もう一つの〈異界〉の表象を含んでいる、ということだ。

自然の地形をうまく利用して切りひらかれた平らな盆地だ。そこにどれくらいの数の人々が暮らしているのか、僕にはわからない。でも規模からいって、それほど多くの数じゃないことはたしかだ。数本の通りがあり、通りに沿ってぽつぽつと建物が並んでいる。小さな通りで、小さな建物だ。通りには人影は見えない。

（下、四一四～四一五ページ）

ここでは私たちは「桃源郷」を思い出さないだろうか。もちろん「平らな盆地」は桃源郷そのものではない。『海辺のカフカ』は、〈死〉によって変形された桃源郷ものがたり、ユートピア文学の変形というようにも言えるようだ（そのこと自体は『世界の終りとハードボイルド・ワンダーランド』にすでにあった）。「僕」はそこで愛するものに出会う。

ジャンルについて(2)：〈和音〉

ではこの盆地には何があるのか？

かすかに風が吹いている。風は森を抜け、僕のまわりのあちこちで木の葉をふるわせる。そのさらさらという匿名《とくめい》的な音は、僕の心の肌に風紋を残していく。僕は樹木の幹に手をついて目を閉じる。その風紋はなにかの暗号のように見えなくもない。でも僕にはまだその意味を読み取ることはできない。
（下、四一五ページ）

僕は蝶《ちょう》になって世界の周縁をひらひらと飛んでいる。周縁の外側には、空白と実体がぴったりとひとつにかさなりあった空間がある。過去と未来が切れ目のない無限のループをつくっている。そこには誰にも読まれたことのない記号が、誰にも聞かれたことのない和音がさまよっている。
（下、四一五～四一六ページ）

ここで「和音」と言われていることは極めて重要だ。小説を根幹のところで支えているのが「和音」ということであるからである。

それからリフレインの部分に不思議なコードが二つ登場する。それ以外のコードはどれもごくシンプルでありふれたものなのだけど、その二つだけがいやに意外で斬新《ざんしん》なのだ。どういうなりたちの和音なのか、ちょっと聴いただけではわからない。でもそれを最初に耳にしたとき、僕は一瞬混乱する。少し大げさに言えば、裏切られたような気持にさえなってしまう。その響きの突然の異質さが僕の心を揺さぶり、不安定なものにする。まるで予想もしないときにどこかのすきまから冷たい風が吹きこんできたみたいに。でもリフレインが終わると、最初の美しいメロディーがまた登場し、僕らをもとあった調和と親密さの世界に連れ戻してくれる。すきま風はもう吹き込んでいない。やがて歌が終わり、ピアノが最後の一音を叩き、ストリングスが和音を静かに維持し、オーボエが余韻を残してメロディーを締めくくる。

（上、四八三ページ）

これが『海辺のカフカ』という曲だ。「地方都市に住む19歳のシャイな女の子が、遠い場所にいる恋人を想う歌詞を書き、ピアノに向かって曲をつくり、それをなんのてらいもなくありのままに歌う。」（上、四八三ページ）

そこには〈愛し、そして愛される〉という人生において稀有な、完全な瞬間が表現されている。その音楽を、佐伯さんはあの〈異界〉に住むことで手に入れた。〈和音〉はあの〈異界〉の住人なのだろう。

そこから戻ってきた田村カフカの耳には音が次のように響くことになる。

キャビンの前の広場に立ち、空を見あげる。気がついたとき、僕のまわりには自然の音が鮮やかに満ちている。鳥の声、小川の水音、風が木の葉を揺らす音——どれもささやかな音だ。でもまるで耳に詰まっていた栓がなにかの拍子にとれたみたいに、それらの音ははっとするほど生々しく、そして親密に僕の耳に届く。すべてがつながりあい、入りまじっているのに、そ

れでいながらひとつひとつの音がはっきり聞き分けられる。（上、四七九ページ）

シューベルトのピアノ・ソナタ論に始まる音楽論はこの小説全体をおおっている。この小説は音楽小説なのだ。

オルペウスの音楽は冥界のあらゆるものを魅了した。その冥府下りのすえに、驚くべき〈和音〉の住む無時間のユートピアを訪れる物語。ここで主題は〈音楽〉なのだ。

ジャンルについて(3)：芸術家の物語

この小説は音楽についての物語であると同時に、また芸術家についての物語でもある。「そのテーマは一貫して、人間の潜在意識を具象化するというもので、既成概念を超えた新しい独自の彫刻のスタイルは、世界的に高い評価を得た」とされる田村浩一もまた芸術家だった。

十九世紀のヨーロッパ文学には「狂える音楽家」というジャンルがあった。

その代表的な作品はドイツ・ロマン派の作家ホフマンの『牡猫ムルの人生観』（一八二〇年）および『クライスレリアーナ』である。ここに登場する楽長クライスラーが「狂える音楽家」だ。[*24]

ドストエフスキイの『ネートチカ・ネズワーノワ』（一八四九年）という中篇小説の主人公ネートチカの父親は、やはり狂える音楽家で、これがこの時代の文学の好んで扱った主題であることがうかがわれる。

完全なる和音、永遠なるものへの憧れ、真の芸術家によってのみ特権的に到達される世界、というロマンティックな世界ヴィジョンを発している不思議な作品として『海辺のカフカ』を読むことができそうだ。

『神の子どもたちはみな踊る』の「かえるくん」は言う――

フョードル・ドストエフスキーは神に見捨てられた人々をこのうえなく優しく描き出しました。神を作り出した人間が、その神に見捨てられるという凄絶なパラドックスの中に、彼は人間存在の尊さを見いだしたのです。ぼくは闇の中でみみずくんと闘いながら、ドストエフスキーの『白夜』のことをふと思いだしました。ぼくは……

（一八一ページ）

Ⅲ 『1Q84』とロシア文学 ――チェーホフからドストエフスキイにさかのぼる

チェーホフ

最初に言っておきたいのは、チェーホフのことだ。

タマルが青豆にヘックラー&コッホHK4を渡す場面にこう書かれている。

青豆は肯いた。「チェーホフの小説作法の裏をかけ、ということね」

「そのとおりだ。チェーホフは優れた作家だが、当然のことながら彼のやり方だけが唯一のやり方ではない。物語の中に出てくる銃がすべて火を吹くわけじゃない」とタマルは言った。

（2、七九ページ）


これまでロシア人も日本人も「舞台に銃が置いてあったら、その銃は必ず発射されなければならない」というような言葉で引用してきた言葉だ。正確にはチェーホフはどのように言ったのか？　そうした興味を持ったので、人を介して演劇に詳しいロシアの方に調べていただいた。その結果、次のようなことが分かった。

チェーホフは一八八九年十一月一日付けのラザレフ＝グルジンスキイ宛の書簡の中で、「舞台に弾を込めた銃を置いてはいけません。もしも誰もその銃を発射するつもりがないなら。観客に期待だけを持たせてはいけません」と書いている。

さらに日付は不明だが、グルリャンドという人との会話の中で「最初の幕で舞台にピストルを吊るしておいたら、最後の幕では発射されなければなりません。そうでなければ吊るしておかないことです」と語ったという。

『1Q84』の終わり近く、青豆は言う。

そしてアントン・チェーホフも言っているように、物語の中にいったん拳銃が登場したら、それはどこかで発射されなくてはならないの。それが物語というものの意味なの。

（2、四七四ページ）

また、チェーホフの言葉として『1Q84』では次の一節が挙げられている。

「小説家とは問題を解決する人間ではない。問題を提起する人間である」と言ったのはたしかチェーホフだ。

（1、四七二ページ）

チェーホフが新聞社の社長スヴォーリンに宛てて以下のように書いたのは一八八八年十月二十七日のことだった。

あなたが芸術家に仕事への意識的な態度を要求されるのは正しい。けれどもあなたは、問題の解決と問題の正しい提起とを混同なさっておられる。芸術家に必要なのは後者だけです。『アンナ・カレーニナ』や『オネーギン』の中では、問題は一つも解決されていない。それなのにああいう作品が完全にあなたを満足させるのは、あらゆる問題が正しく提起されているからに他なりません。裁判所は問題を正しく提起せねばならない。解決するのは、一人ひとり自

分の趣味を持った陪審員たちです。（強調は原文）

同じ手紙のほんの少し前では芸術家について次のように書いている。

芸術家は、観察し、選択し、洞察し、構成する、――こうした働きはそれ自身、そもそもの初めから問題を前提としています。もしはじめから問題を自分に課していなかったら、何ひとつ洞察することもなく、選択することもないわけです。*25

チェーホフの姿勢は「メッセージはない。共感することはできる。でも共闘はできない」という村上春樹にも受け継がれていると言えるだろう。

『1Q84』ではチェーホフがもう一つの重要な役割を与えられている。『サハリン島』の作者として。天吾の本棚にあったわずかな本のうちの一冊だ。

声に出して読む前に、天吾はその本についての簡単な説明をした。一八九〇年にチェーホフがサハリンに旅をしたとき、彼はまだ三十歳だったこと。トルストイやドストエフスキーのひとつ下の世代の、若手新進作家として高い評価を受け、首都モスクワで華やかな暮らしをしていた都会人チェーホフが、どうしてサハリン島という地の果てのようなところに一人で出かけ、そこに長く滞在しようと決心したのか、その正確な理由は誰にもわかっていないこと。サハリンは主に流刑地として開発された土地であり、一般の人々にとっては不吉さと惨めさの象徴でしかなかった。

（1、四六〇～四六一ページ）

こうした説明とやり取りのあとで、天吾はふかえりにギリヤーク人について書かれた章を読んで聞かせる。

二〇〇四年はチェーホフ没後一〇〇年にあたった。この年、稚内で開かれた日本ロシア文学会の全国大会では地理的な近さということもあり、記念セッション「チェーホフ『サハリン島』とその周辺」を開催した。ロシアでは没後はあまり記念しない。なぜなら悲しいから。生誕は祝う。なぜなら嬉しいから。それでもこの時はロシアのチェーホフ研究者の代表としてチュダコーフ氏が、またロシアに七つあるチェーホフ博物館のうち一作品に捧げられたただ一つの『サハリン島』記念博物館長ツベンコーヴァ氏も参加してくださった。報告者としてはもう一人、サハリン島を舞台とする小説『イカロスの森』の作者、黒川創氏にもおいでいただいた。このセッションの詳しいことは司会を務めた井桁による報告をご覧いただきたいが、そこでチュダコーフ氏は注目すべき報告をしてくれた。その骨子を紹介すると、

『サハリン島』は統計資料に基づいた学術的な著作であると同時に、芸術的な作品でもある。

自分の観察に距離を置いて客観的に描写する語りの典型的な方法、『可愛い女』にも通じる悲しい物語に交えられたユーモアの手法、学術的とは言えない感情に彩られたエピソード。逆に『殺人』など文学作品から一部を引いて来ても『サハリン島』の描写と区別できない箇所もある。人間に必ず訪れる病気や死、それを取り巻く環境など、人間の精神と物質的世界を細部にわたって一体のものとして描く、というチェーホフの詩学は『サハリン島』にも顕著であり、それはソ連時代のソルジェニーツィンの『収容所群島』に先行するものである。[*26]

『1Q84』では天吾はふかえりに「そういう実務的な記述に混じって、ところどころに顔を見せる人物観察や風景描写がとても印象的なんだ」と言う（1、四六三ページ）。こうした説明はチュダコーフ氏の指摘と響き合うものがある。

チュダコーフ氏の報告でチェーホフとソルジェニーツィンがつながった。ではそのラインを現代日本に伸ばして来ることはできないだろうか。

思い出されるのは村上春樹の仕事『アンダーグラウンド』（一九九七年）および『約束された場所で』（一九九八年）の地下鉄サリン事件をめぐる関係者へのインタビューの記録ではないだろうか。被害者の、またオウム真理教の信者（元信者）の物語を耳を澄まして徹底して聞き取る。

ここに緩やかながらラインが引けるとして、この「ジャンル」の出発点としては、同じくロシアの作家ドストエフスキイがいる。この作家は十九世紀に反体制運動ペトラシェフスキー・サークルに参加したとして、シベリアに四年間の懲役に処され、やがて帰還後、『「死の家」の記録』（一八六一－六二）を書いた。自ら囚人として、周囲の民衆の言葉や表現を収集した「シベリア・ノート」と言われるものが残っている。

現代日本の「死の家」の記録

現代日本の「死の家」の記録では、たとえば次のようなことが告げられている。

またこの頃から修行の中に逆さ吊りとかが入って来るんです。破戒をしちゃった人たちがチェーンで足を縛られて、逆さ吊りにされるんです。と口で言うと何でもないことにきこえそうですが、これは正真正銘の「拷問」です。繰り返して吊られるうちに、縛られた足の部分からまったく血が引いてしまって、本当に足がちぎれるかと思ったと、やられた人は言っていました。

破戒というのは、たとえば性欲を破戒をして女の子とそういう関係になっちゃったとか、スパイ容疑を受けたとか、漫画本を所有していたとか、そんなことです。働いた当時の部屋は富士の道場の真下にあったんですが、上から「あああぁぁぁぁあ！」といった大きな悲鳴が響いてくるんです。「このまま殺してくれ。死んだほうがましだ……！」とかまさに絶叫です。いつ果てることもなく続く激しい痛みと苦しみに耐えかねて絞りだされる、声にならない声です。本当に痛々しくて、まるでそこにある空間が歪んで捩れてしまいそうな感じでした。仕事をしていると、「尊師ぃー、尊師ぃー、お助けくださーい！　もう絶対にしませんん！」という涙混じりの懇願の声が響いて来るんです。そういうのを聞いていると、なんだか慄然としてしまいます。[*27]

（『約束された場所で』一〇二ページ）

こうした中で、人々は、自分で考えることを放棄していく。

石垣島に行って「なんだこりゃ」と思いました。でも指示が出たらみんなでさっと動くとか、そういうのってあるじゃないですか。こういうのって楽だなあって思いました。自分で何も考えなくていいわけですからね。言われたことをそのままやっていればいい。自分の人生がどうのこうのなんて、いちいち考える必要がないんです。砂浜のところでみんなで呼吸法とかをやったりして。

（一六八〜一六九ページ）

この元信者の「自分でものを考えなくていい、決断しなくていいというのはやはり大きかった」という言葉は、言い換えれば「自由という重荷」から解放されたい、との思いの表現だろう。私たちはおとなしい「羊」の群れなのか。

繰り返すが、『アンダーグラウンド』の末尾の「目じるしのない悪夢」の中で村上春樹は書いている。

それがオウム真理教＝「あちら側」の差し出す物語だ。馬鹿げている、とあなたは言うかもしれない。たしかに馬鹿げているだろう。実際の話、私たちの多くは麻原の差し出す荒唐無稽なジャンクの物語をあざ笑ったものだ。そのような物語を作り出した麻原をあざ笑い、そのような物語に惹かれていく信者たちをあざ笑った。後味の悪い笑いではあるが、少なくとも笑い飛ばすことはできた。それはまあそれでいい。

しかしそれに対して、「こちら側」の私たちはいったいどんな有効な物語を持ち出すことができるだろう？　麻原の荒唐無稽な物語を放逐できるだけのまっとうな力を持つ物語を、サブカルチャーの領域であれ、メインカルチャーの領域であれ、私たちは果たして手にしているだろうか？[*28]

（『アンダーグラウンド』七五二〜七五三ページ）

『約束された場所で』の「まえがき」では次のように言っている。

もちろん小説家（フィクション・メーカー）として私は、これからさまざまな物語的プロセスを経て、自分の中に残ったものをひとつひとつ立体的に検証・処理していかなくてはならないわけだが、そこに至るまでにはまだ相当の時間がかかるはずだ。すぐにすらすらとかたちになって出てくるというものではないだろうと思う。

そのプロセスの一つの結果として『1Q84』が、また天吾と絵里子が「補いあい、力を合わせて」成し遂げた物語があったのだろう。「そしてその成果は大きな影響力を発揮することになった。反リトル・ピープルのモーメントを確立する、という文脈においてね」（2、二七八ページ）

ドストエフスキイ

「まっとうな力を持つ物語」の課題は、村上春樹がオウム真理教と出合った時に初めて生まれたのではない。むしろ創作の最初期から孕んでいたテーマであった。『風の歌を聴け』だ。

鼠はまだ小説を書き続けている。彼はその幾つかのコピーを毎年クリスマスに送ってくれる。昨年のは精神病院の食堂に勤めるコックの話で、一昨年のは「カラマーゾフの兄弟」を下敷きにしたコミック・バンドの話だった。[*29]（一五四ページ）

中学一年にもさかのぼる村上春樹とドストエフスキイとの出会いは運命的と言ってもよい。『1973年のピンボール』でもドストエフスキイは触れられる。そしてテーマの中心に置かれるのは『羊をめぐる冒険』だ。鼠の最初の手紙には次のように出てくる。

おそらく我々は十九世紀のロシアにでも生まれるべきだったのかもしれない。僕がなんとか公爵で、君がなんとか伯爵で、二人で狩をしたり、決闘をしたり、恋のさやあてをしたり、形而上的な悩みを持ったり、黒海のほとりで夕焼けを見ながらビールを飲んだりするんだ。そして晩年には「なんとかの乱」に連座して二人でシベリアに流され、そこで死ぬんだ。こういうのって素敵だと思わないか？　僕だって十九世紀に生まれていたら、もっと立派な小説が書けたと思うんだ。ドストエフスキーとまではいかなくても、きっとそこそこの二流にはなれたよ。

（上、一三一〜一三二ページ）

この小説ではさらに黒服の男が「羊の王国」について説明する。

もう少し正確に言えば、組織はふたつの部分に分かれている。前に進むための部分と、前に進ませるための部分だ。ほかにもいろんな機能を果す部分はあるが、大きく分ければこのふたつの部分によって我々の組織は成立している。その他の部分には殆んど何の意味もない。前に進む部分が『意志部分』で、前に進ませる部分が『収益部分』だ。人々が先生を問題にする時に取り上げるのはこの『収益部分』だけだ。そしてまた、先生の死後に人々が分割を求めて群がるのもこの『収益部分』だけだ。『意志部分』は誰も欲しがらない。誰にも理解できないか

らだ。（上、二〇五ページ）

本章Iの「プロトタイプ4」で述べたように、こうした人間の二分法はドストエフスキイでは『罪と罰』（一八六六）の「凡人と非凡人」の二分法と響き合っている。『罪と罰』では、非凡人は世の規範を乗り越え、新しい秩序を打ち立てるためには良心に照らして、血を流す権利を持つ、とされる。これはドストエフスキイが『罪と罰』の着想・執筆の時期にヨーロッパ全土で問題になっていたナポレオン三世の『ジュリアス・シーザー伝』の「序文」を下敷きにしたものだが、そちらは忘れられ、ラスコーリニコフの「殺人の理論」として後世に語られることになる。[*30]

この問題にドストエフスキイは終生関わり、『悪霊』（一八七一－七二）では登場人物の一人、シガショフの、一割の人間が他の九割の人間を支配するというヴィジョンが、別の作中人物の口を通して語られる（以下、ドストエフスキイからの引用は村上春樹が読んだ可能性のもっとも高い米川正夫訳を用いる）。

ぼくは同氏の著述を知っています。同氏はこの問題の最後の解決法として、人類を大小同一ならざる二つの部分に分割することを、主張しておられるのです。すなわち、十分の一だけの人が個性の自由をえて、残り十分の九はことごとく個性を失って、一種羊の群のようなものに化してしまい、無限の服従裡に幾代かの改造を経たあとで、ついに原始的天真の心境に到達すべきだというのです。それはいわば原始の楽園みたいなものです。もっとも働きはしますがね。著者の主張している方法、すなわち人類の十分の九から意志を奪って、幾代かの改造を経てこれを畜群に化する方法は、なかなか立派なものであります。[*31]

このような二分法の理論は、ドストエフスキイでは最後の作品、『カラマーゾフの兄弟』でイワンの語る「大審問官詩劇」に結実する。

イワンの「大審問官詩劇」は、審問制度の最も苛烈だった十六世紀スペインのセヴィリアが舞台だ。ここにかつてと同じく、人々のあいだにイエス・キリストが出現する。九十歳になろうとする大審問官は聖書の「悪魔の誘惑」の箇所をもとにイエスを論難する。いま、聖書のうち、「奇蹟」についての部分だけを思い出しておこう。

さて、イエスは悪魔から誘惑を受けるため、〝霊〟に導かれて荒れ野に行かれた。そして四十日間、昼も夜も断食した後、空腹を覚えられた。すると、誘惑する者が来て、イエスに言った。「神の子なら、これらの石がパンになるように命じたらどうだ。」イエスはお答えになった。「『人はパンだけで生きるものではない。神の口から出る一つ一つの言葉で生きる』と書いてある。[*32]」

大審問官はイエスに「おまえは自分でそそのかし虜にした人間が、自由意志でおまえに従って来るように人間の自由な愛を望んだ。確固たる古代のおきてに引き換えて、人間はこれからさきおれの自由な心をもって、何が善であり何が悪であるか、自分自身できめなければならなくなった」と非難する。そうした選択の自由のような、恐ろしい重荷は人間を圧迫する。いくじのない暴徒の良心を、彼らのために永久に征服することができるのは「奇蹟」と「神秘」と「教権」である、と言う。

こうして、すべての者は、幾百万というすべての人間は幸福になるであろう。しかし、彼らを統率する幾十万かの者はそれから除外されるのだ。つまり、秘密を保持しているわれわればかりは、不幸におちいらねばならぬ。つまり、何億かの幸福な幼児と、何十万かの善悪認識ののろいを背負うた受難者とができるわけだ。幼児らはおまえの名のために静かに死んで行く。そうして、棺の向こうにはただ死を見いだすのみである。しかし、われわれは秘密を守って、彼ら自身の幸福のために、永遠なる天国の報いをもって彼らを釣ってゆくのだ。

大審問官はイエスに代わって人々を支配する。言ってみろ、と彼は言う。「羊の群れをばらばらにして、案内も知らぬ道へわかれわかれに追い散らしたのはだれだ？　しかし、羊の群れもまたふたたび呼び集められて、こんどこそ永久におとなしくなるであろう。[*33]」

大審問官の言葉に対して、イエスは無言のまま近づき、静かに彼に接吻した。老人は身体を震わせ、その唇の両端がなんだかぴくりと動いたようだった。

ここでは、大審問官の事業をイエスが祝福したのでは決してない。彼の苦しみにイエスの限りない愛が注がれた。そうでなければ信と不信の間を瞬間ごとに選び取るという、絶えず問いかけ、問いかけられる、自由な信仰は成り立たない。また、そのように考えなければ大審問官の受けた衝撃は説明できない。[*34]

「大審問官詩劇」を語り終えたイワンに、弟のアリョーシャは接吻する。イワンはその愛情を感じながら、「文学上の盗作だ」となんだか有頂天になって叫ぶ。村上春樹の読者なら「アリョーシャ・カラマーゾフ」の名前から『世界の終りとハードボイルド・ワンダーランド』の最後の場面を思い出すかもしれない。そこにはこう書かれている。

「『カラマーゾフの兄弟』を読んだことは？」と私は訊いた。

「あるわ。ずっと昔に一度だけど」

「もう一度読むといいよ。あの本にはいろんなことが書いてある。小説の終りの方でアリョーシャがコーリャ・クラソートキンという若い学生にこう言うんだ。『ねえコーリャ、君は将来とても不幸な人間になるよ。しかし、ぜんたいとしては人生を祝福しなさい[*35]』」

（六〇一ページ）

「大審問官詩劇」は独裁への、全体主義支配への批判の書である。

傍証を上げよう。

私たちの調査によれば、ドイツにおいては一九三一年の『白痴』を最後に、一九三三年にナチスが政権を獲得してから、ドイツ語ではドストエフスキイは一度も出版されなかった。そして一九四五年になってようやく、『カラマーゾフの兄弟』のうちから、この「大審問官詩劇」の箇所だけが出版されている。[*36] 旧ソ連邦が解体に向かうペレストロイカの時期にも「大審問官詩劇」のみがパンフレットとして配布されるのを私は目にしている。これは独裁に、全体主義にとって危険な物語なのだ。ナチスはそれをよく知っていた。

イワン・カラマーゾフのアンチ・ユートピア（ディストピア）の物語を出発点として、二十世紀には、一九二一年にスターリニズムを予見したザミャーチンの『われら』が、一九三二年にはハックスリの『すばらしい新世界』が、そして一九四八年にオーウェルの『１９８４年』が（以上の三作品はディストピア三部作と言われる。一六三ページを参照）、さらには一九五三年にはブラッドベリの『華氏４５１度』が書かれていく。

その際、独裁に、全体主義に、抵抗していくのは「自由」の名においてであった。

「物語の役目」

村上春樹に戻ろう。

先にも述べたように、『羊をめぐる冒険』で、鼠は羊の王国の権力機構を拒否する。同じくアンチ・ユートピア小説の物語を受け継ぎながら、村上春樹は「権力vs自由」という、それまでの、いわば観念的な対置を脱している。ここに彼の新しさがある。現代日本の「死の家」を聞き書きした時、村上春樹には麻原と大審問官とが重なって見えたのではないだろうか。いや、逆に言えば、村上春樹の『約束された場所で』を読んだ人は、麻原の支配と、イワンの「大審問官」の支配とが、二重写しに重なり合ったのではないだろうか。

『1Q84』という題名がオーウェルの『1984年』を引き継いでいることは作中でオーウェルに言及されることから分かる。そしてドストエフスキイについては、青豆と「大きい男」のあいだに次のような会話が交わされる。

「たしか『カラマーゾフの兄弟』に悪魔とキリストの話が出てきます」と青豆は言った。「荒野で厳しい修行をするキリストに、悪魔が奇蹟をおこなえと要求します。石をパンに変えてみろと。しかしキリストは無視します。奇蹟は悪魔の誘惑だから」

「知っているよ。わたしも『カラマーゾフの兄弟』は読んだ。そう、もちろんあなたの言うとおりだ。このような派手な見せびらかしは何も解決しない。しかし限られた時間のあいだにあなたを納得させる必要があった。だからあえてやって見せた」

青豆は黙っていた。（2、二四四ページ）

「大きい男」の側のシステムに青豆は闘いを挑む。「あなたは特別な能力を持っている」と青豆は言う。だが、だから信じる、というのは自由な信仰ではない。悪魔の誘惑に屈する「羊の隷属」であろう。青豆はそれを拒否する。

ここで私は村上春樹のイスラエルでの「エルサレム賞」受賞スピーチを思い出さないではいられない。

こう考えてみて下さい。我々はみんな多かれ少なかれ、それぞれにひとつの卵なのだと。かけがえのないひとつの魂と、それをくるむ脆い殻を持った卵なのだと。私もそうだし、あなた方もそうです。そして我々はみんな多かれ少なかれ、それぞれにとっての硬い大きな壁に直面しているのです。その壁は名前を持っています。それは「システム」と呼ばれています。そのシステムは本来は我々を護るべきはずのものです。しかしあるときにはそれが独り立ちして我々を殺し、我々に人を殺させるのです。冷たく、効率よく、そしてシステマティックに。

私が小説を書く理由は、煎じ詰めればただひとつです。個人の魂の尊厳を浮かび上がらせ、そこに光を当てるためです。我々の魂がシステムに絡め取られ、貶められることのないように、常にそこに光を当て、警鐘を鳴らす、それこそが物語の役目です。[*37]

かつて、『海辺のカフカ』を書いたあとで、村上春樹はインタビューに答えて次のように言っている。

小説家として最終的に書きたいと思うのは、やはり「総合小説」です。総合小説の定義はなかなかむずかしいんだけど、具体的に言えば、ドストエフスキーの『カラマーゾフの兄弟』、あれが総合小説のひとつの達成ですよね。こんなことを言うのはおこがましいけど、僕の目標は『カラマーゾフの兄弟』。ああいうものをいつか書いてみたいと思う。望みが高いんです（笑）。様々な人物が出てきて、それぞれの物語を持ち寄り、それが総合的に絡み合って発熱し、新しい価値が生まれる。読者はそれを同時的に目撃することができる。それが僕の考える「総合小説」です。むずかしいけどね。[*38]

この課題に『1Q84』は一つの回答を与えているように思われる。あるいは作家はまだ長いプロセスの途中にいるのかもしれない。

この「様々な人物が出てきて」というところで、私はバフチンによる『ドストエフスキーの詩学』の次のような箇所を思い出す。

ドストエフスキーは自分の時代の対話を聞き取る天才的な能力を持っていた。あるいはもっと正確に言えば、自分の時代を巨大な対話として聞き、時代の中の一つ一つの声を捉えるばかりではなく、まさに声たちの間の**対話的な関係**、その対話的**相互作用**そのものを捉える能力に秀でていた。[*39]（強調は原文、以下同じ）

また「読者はそれを同時的に目撃することができる」という箇所からは同じく『ドストエフスキーの詩学』の次のような文章を思い出す。

ドストエフスキーの小説をモノローグ的に捉えるのではなく、新しい作者の立場の地点までのぼって味わうことのできる**本物の**読者はみな、この独特な自己の意識の**積極的拡大**の感覚を味わう。[*40]

村上春樹の「総合小説」ということと、バフチンの「ポリフォニー小説」との関係をどのように思い描いたらよいだろうか。

確認しておきたいことがある。私たちはこの数年のあいだに、平野啓一郎の『決壊』、鹿島田真希の『ゼロの王国』、また中村文則の『悪意の手記』と、ドストエフスキイの世界と真剣に対話し、強く響き合う日本文学の諸作品に出合ってきた。現代の日本に、ドストエフスキイの問いかけにリアリティを感じ、真撃に応えようとする表現者たちが、いるのだ。

注

＊1　ウラジーミル・プロップ『昔話の形態学』（北岡誠司・福田美智代訳、白馬書房、一九八三年）
＊2　ウラジーミル・プロップ『魔法昔話の起源』（斎藤君子訳、せりか書房、一九八三年）
＊3　ジャンニ・ロダーリ『ファンタジーの文法』（ちくま文庫、一九九〇年）
＊4　トマス・マロリー、厨川文夫・圭子訳『アーサーの死』『中世文学集』『筑摩世界文学大系』第十巻所収（筑摩書房、一九七四年）
＊5　河合隼雄・村上春樹『村上春樹、河合隼雄に会いにいく』（岩波書店、一九九六年）
＊6　高橋吉文『グリム童話　冥府への旅』（白水社、一九九六年）
＊7　ドストエフスキイ『カラマーゾフの兄弟』『ドストエーフスキイ全集』第十二巻（米川正夫訳、河出書房新社、一九六九年）二〇七ページ。
＊8　詳しくは井桁貞義編著『199X年のユートピア・ヴィジョン』（ティプロ、一九九四年）を参照。
＊9　リオタール『ポスト・モダンの条件』（小林康夫訳、水声社、一九八六年）
＊10　インタビュー「山羊さん郵便みたいに迷路化した世界の中で」『ユリイカ』臨時増刊「総特集・村上春樹の世界」（一九八九年）
＊11　小澤俊夫「日本昔話の構造」『日本民間伝承の源流』（小学館、一九八九年所収）

＊12　池上嘉彦『ことばの詩学』（岩波書店、一九八二年）
＊13　河合隼雄『昔話と日本人の心』（岩波書店、一九八二年）
＊14　村上春樹『海辺のカフカ』（新潮社、二〇〇二年）
＊15　詳しくは井桁貞義「民話から小説までのプロット研究の課題」『ロシア民話の世界』（早稲田大学出版部、一九九六年）所収を参照。
＊16　フロイト「ドストエフスキーと父親殺し」『フロイト著作集』第三巻（人文書院、一九六九年初版）
＊17　中上健次・村上春樹「仕事の現場から」「國文学」（昭和六十年三月号）十七ページ。
＊18　井桁貞義『ドストエフスキイ・言葉の生命』（群像社、二〇〇三年）第一部第四章「『カラマーゾフの兄弟』と言葉の力」を参照。
＊19　作田啓一『ドストエフスキーの世界』（筑摩書房、一九八八年）
＊20　村上春樹『神の子どもたちはみな踊る』（新潮社、二〇〇〇年）
＊21　高津春繁『ギリシア・ローマ神話辞典』（岩波書店、一九六〇年）
＊22　「現代ライブラリー」『週刊現代』（二〇〇二年九月二十八日号）
＊23　C・G・ユング他『人間と象徴』（河合隼雄監訳、河出書房新社、一九七五年）
＊24　詳しくはたとえば吉田六郎著『ホフマン』（勁草書房、一九七一年）第六章「狂える音楽家」などを参照。
＊25　『チェーホフ全集』第十六巻（該当部分は池田健太郎訳、中央公論社、一九七〇年）九三〜九四ページ。
＊26　井桁貞義「チェーホフ『サハリン島』とその周辺」（記念セッション報告）「ロシア語ロシア文学研究」三十七号（日本ロシア文学会、二〇〇五年）一二一ページ。
＊27　村上春樹『約束された場所で』（文藝春秋、一九九八年）一〇二ページ。
＊28　村上春樹『アンダーグラウンド』（講談社文庫、一九九九年）七五二〜七五三ページ。

＊29　村上春樹『風の歌を聴け』（講談社文庫、二〇〇四年）なお村上春樹とドストエフスキイとの関係については次のものに詳しい。横尾和博『村上春樹とドストエーフスキイ』（近代文藝社、一九九一年）、同『村上春樹×九〇年代』（第三書館、一九九四年）

＊30　ナポレオン三世『ジュリアス・ソーザー伝』については井桁貞義「ドストエフスキイとナポレオン」『ドストエフスキイ・言葉の生命』二〇六ページを参照。

＊31　ドストエフスキイ『悪霊』『ドストエーフスキイ全集』第九巻（米川正夫訳、河出書房新社、一九七〇年）三八九ページ。

＊32　『新約聖書』（新共同訳）「マタイによる福音書」第四章一節～四節。

＊33　ドストエフスキイ『カラマーゾフの兄弟』上巻、前掲全集、二九二～三一二ページ。

＊34　二〇〇八年八月十八日のS先生とのお話に示唆を受けた。

＊35　村上春樹『世界の終りとハードボイルド・ワンダーランド』（新潮文庫、一九八八年）

＊36　新谷敬三郎、柳富子、井桁貞義編「ドストエフスキイ翻訳年表」『比較文学年誌』第二十四号別冊（早稲田大学比較文学研究室、一九八八年）

＊37　村上春樹「僕はなぜエルサレムに行ったのか」『文藝春秋』（二〇〇九年四月号）

＊38　村上春樹編集長『少年カフカ』（新潮社、二〇〇三年）三五ページ。

＊39　M.Бахтин Проблемы поэтики Достоевского.M.:Советский писатель,1963.（『ドストエフスキーの詩学』望月哲男、鈴木淳一訳、ちくま学芸文庫、一九九五年、一八四ページ）また本書、二六ページを参照。

＊40　同書、一四一ページ、また本書、二八ページを参照。

終章　現代へ、そして未来へ

Ⅰ　伊坂幸太郎

『グラスホッパー』（二〇〇四年）

一瞬、めまいを起こしたような気がした。

自殺をさせる専門の殺し屋「鯨」は一冊の文庫本だけを読んでいる。その殺しの場面だ。

「俺は、世の中で、小説と呼ばれるものは、これしか読んだことがない」

男が口を開けたまま、戸惑っている。

「誇張でも、自慢でも、卑下でもない」鯨は億劫《おっくう》だったが、説明をした。「これしか読んだことがないんだ」

「何度も、読んでるんですか?」

「破れて、読めなくなったら、買い換える。こいつは五冊目だ」

「それなら、もう、暗記しているくらいですね」男が無理やりに顔を明るくした。「その本って、題名を逆さに読むと、『唾《つば》と蜜《みつ》』になるんですよ」上擦った声で、まるでそれだけは伝えておかなくてはならない、という使命すら帯びているような口調で、言った。

鯨は顔をゆっくりと上げ、文庫本のタイトルを見つめてから、なるほど、と思った。

「気がつかなかった」*1　(三四ページ)

この鯨にはたびたび幻覚が襲う。その幻覚の一人、自殺させたニュースキャスターは鯨に「罪悪感なんじゃないの」とささやく。

『罪と罰』は執拗に鯨を追いかけてくる。女性議員を自殺させる時には——


女性議員は遺書を書き終えた後で、鯨と向かい合い、その身長差のために見上げるようにしながらも、感情を抑えながらこう言った。

「十字路へ行って、みんなにお辞儀をして、大地に接吻しなさい。だって、あなたは大地に対しても罪を犯したんですもの、それから世間の人々に向かって大声で、『わたしは人殺しです』と言いなさい」

その瞬間、鯨は目を見開き、ひどくたじろいだ。彼女の台詞の内容に心を打たれたわけではない。その台詞が、鯨にとって唯一の小説とも呼べる、あの本からの引用であることに驚いたのだ。

（九二〜九三ページ）

さらにラスコーリニコフの言葉が追いかけて来る。

そこで、風がどういうわけか逆方向に吹き、ページが後戻りするように、またぬくれた。開かれた部分の文章が目に入る。
『だが、それで神は君に何をしてくれた？』
その一文が、鯨の頭を突いた。誰の台詞だ、と瞬間的に頭を悩ませる。ラスコーリニコフか、ソーニャか、それとも別のロシア人か。目から入った言葉が、水晶体や網膜を突き抜けて、頭に直接、飛び込んでくるようだった。
「神ってのは、ジャック・クリスピンのことかよ」と岩西が意味不明なことを口走り、鯨はそこで瞼を閉じた。

（二六二ページ）

このようにドストエフスキイの『罪と罰』は現代日本の重要な表現ジャンルにしっかりと、有機的に組み込まれている。

その先は鯨の内的独白である。

神が何をしてくれた、と言うよりそもそも神に何かしてもらえた人間がどこにいるんだ、と鯨は思った。神はおろか、他人はおろか、自分自身にさえ何もしてもらえないのが現実ではないか。その当たり前のことに気づいたとたん、人は自ら死にたくなるのかもしれない。人はただ生きていて、目的はない。死んでいるように生きているのが、通常なのだ。その事実を知って、死を決断する。

（二六二〜二六三ページ）

これが鯨の、いわばシニカルな、現代の人間にとってはむしろリアルとも言える、ドストエフスキイへの応答である。

伊坂幸太郎の作品の中にドストエフスキイの作品のモチーフが呼び込まれるのは偶然ではない。それは「殺人」ということを扱っているから、とも言えるが、この作家はもっと深いところでドストエフスキイと対話している。

二〇一〇年九月に発表された『グラスホッパー』の続編『マリアビートル』には殺し屋同士の会話に「じゃあ、おまえは、俺の薦めた、『禁色』を読んだか？『悪霊』は読んだか」という会話がさしはさまれるし、[*2] そのすぐ先では以前、居酒屋の店主が、七尾や他の人間の前で、「世の中には二種類の人間がいる」と言い出した時のことを思い出す。（一九七ページ）

と、あのラスコーリニコフの（もっと正確に言えばナポレオン三世の）殺人の理論が持ち出されるのである。

帯に「これぞ伊坂エンタメの真骨頂‼」と書かれている『マリアビートル』だが、現代の人気作家の想像力の中心に近いところに、ドストエフスキイの諸作品が位置していることを確認しておきたい。

Ⅱ　舞城王太郎、湊かなえ、そして……

舞城王太郎『煙か土か食い物』（二〇〇一年）
講談社文庫[*3]の後ろには次のように書かれている。

腕利きの救命外科医・奈津川四郎に凶報が届く。連続主婦殴打生き埋め事件の被害者におふくろが？　ヘイヘイヘイ、復讐は俺に任せろマザーファッカー！　故郷に戻った四郎を待つ血と暴力に彩られた凄絶なドラマ。破格の物語世界とスピード感あふれる文体で著者が衝撃デビューを飾った第19回メフィスト賞受賞作。

物語はほぼ、ここに言い尽くされているかも知れない。読んでみると、文体の疾走感に、あっと言う間に読み終えてしまう。そしてミステリー仕立てのこの小説に面白さを感じる箇所も、読み手によってさまざまなのだろう。私が注目したいのは、父親丸雄と一郎、二郎、三郎、四郎のすさまじい関係である。

「何で俺ばっか悪いんじゃ！何で俺ばっか殴られて俺だけ謝らなあかんのじゃ！何でじゃ！何でじゃ！」

（一七七ページ）

また丸雄が二郎を殴る。ビタン！血が飛び散る。

この争いに対して、四郎が、二郎の味方をして、丸雄を袋叩きにすべきだったと悔やむ場面もある。

「丸雄の血。汚すぎる[*4]」

（一九四ページ）

私にはこの作品は「見立て」の小説であるように見える。その背景をなしているのはドストエフスキイの『カラマーゾフの兄弟』である。こちらもまた父と息子たちの闘争の物語だ。ドストエフスキイを思い出す、ということの必然性は、小説の次のようなところからも承認されるのではないだろうか。

「病院は暗く死もまた暗い。フィオドル・ミハイロヴィッチ・ドストエフスキーは大酒を飲んで癲癇の発作を迎えて神の光を見たが俺はアルコールは一滴も受け付けないし癲癇も持ってない。それでも俺が時々天啓を得るのは単に知能指数のおかげだろうか。」（九四ページ）

この「神の光」ということがテーマの一つであることは次のように繰り返されることからもうかがうことができる。

臨死体験は素晴らしい。これは実際に素晴らしい。体脱体験。光のトンネル。早く進む時間。逆に遅く進む時間。走馬灯。人生の意味。体験者は磨ぎ澄まされた感覚を得る。森羅万象のすべてを理解する。神の存在をリアルに感じる。この世の物事のすべてに意味があり自分は宇宙と一体であることを知り死は恐れるべきものではなく別の何かの始まりに過ぎないと悟る。（二六〇ページ）

ここに書かれていることはドストエフスキイ『白痴』でムィシキン公爵が癲癇の発作直前に感じ

るというアウラの体験を語る部分とそっくりである。ドストエフスキイ自身が癲癇の発作の時に「神の存在をリアルに感じた」ということをも思い出すだろう。[*5]

そのような関連を思い描くと、父親と四人の息子の物語、ということが、ドストエフスキイ『カラマーゾフの兄弟』とそっくりだ、ということに気がつく。ここにもテキストの対話があるのではないだろうか？

湊かなえ『告白』（二〇〇八年）

『告白』ではドストエフスキイはひっそりと登場する。

「今はまだ難しいかもしれないけれど、中学生くらいになったら読んでね。どれもママの人生に大きな影響を与えてくれたものばかりなの。だから、ママと同じ血が流れている修ちゃんも、きっと、感動すると思う」

そう言って。ドストエフスキー、ツルゲーネフ、カミュ……あまりおもしろそうな本ではなかったが、そんなことはどうでもよかった。同じ血が流れている、その言葉だけで充分だった。[*6]

（二三九〜二四〇ページ）

そのすぐ先には題名も現れる。

『罪と罰』や『戦争と平和』が母親にどのような影響を与えたのかはわからない。ただ、読みながら自分が感じていることを、同じ血が流れている母親も感じていたのではないかと思えた。母親が選んでくれた本に外れはなかった。何度も繰り返し読んだ。（二四三ページ）

ここにもラスコーリニコフの末裔がいる。中学生の。

ドストエフスキイの影響は文学だけではない。本書ではすでに黒澤明監督の『白痴』映画化について見てきた。

漫画についても見ていこう。

最初の作品は手塚治虫の『罪と罰』[*7]（一九五三年）であろうか。

ここにもテクストの改変がある。

『手塚治虫漫画全集』に収められるにあたって手塚は「あとがき」で次のように言っている。

漫画化にさいしては、かなり子ども向けにアレンジして、筋をダイジェストしました。なかでも重要な主役の一人であるスビドリガイロフは、すっかり役柄を変えてしまいました。しかし原作でも、彼は主人公ラスコリニコフの影のような性格の人物として登場しますし、選民思想の強いアウトサイダーとして、これはこれでいいと思っています。[*8]

この役柄の改変には、当時の左翼運動の影響があるかと思われる。

ドストエフスキイ作品の漫画化として思い出されるのは大島弓子の『ロジオン・ロマーヌイチ・ラスコーリニコフ』である。これは一九七四年に「別冊少女コミック」に連載されたもので、一九七六年にサン・コミックスで単行本として刊行された[*9]。

落合尚之の『罪と罰』は、単行本第一巻の裏表紙に「ひきこもりと援交女子高生。接点のないはずの両者が出会ったとき『ある計画』が動き出した……」とあるように、その世界は極めて現代化されたものである[*10]。

このほか、演劇、映画のジャンルでは『白痴』をもとにした『ナスターシャ』が、アンジェイ・ワイダ監督、坂東玉三郎主演（二役）で一九八九年に上演され、一九九四年に映画化された。

また野田秀樹の、舞台を幕末に、主人公を女性とした野心作『贋作　罪と罰』が初めて公開されたのは一九九五年のことだった。

さらに宝塚歌劇団では二〇〇九年に『カラマーゾフの兄弟』を上演した。

現代日本においても、ジャンルを超えてドストエフスキイの作品が生き続けていることが分かる。

Ⅲ　おわりにかえて

ドストエフスキイのテクスト戦略

よく知られるように、一八八〇年の「プーシキン記念祭」でのドストエフスキイの演説は聴衆に未曾有の歓喜を呼び起こした。

演説でドストエフスキイが強調したのは、プーシキンの全人類性ということであった。他の国々の、諸民族の文化を洞察し、その民族性と融合し、自分が変容し、共鳴し、同化してしまう能力。つまり異質な複数の声を発し、結び付ける能力である、プーシキンが予言的であった、というのは、これこそが、ロシア国民の持つ精神的な力であるから。全ヨーロッパを和解させつつ、統合すること、とドストエフスキイは聴衆に呼びかけた。

ここでドストエフスキイが再三触れているのは、この総合力が、ピョートル大帝のヨーロッパ化政策後二〇〇年を経て生まれた能力である、ということだ。

遅れてきたロシアが、西欧に対して持つ唯一の可能な文化戦略、テクスト戦略が、こうした複数の他者の声の結合という表現方法であっただろう。

この詩学を「ポリフォニー」という音楽用語で説明したバフチンは言う。「時代そのものがポリフォニー小説を可能にしたのである。ドストエフスキー個人も、自らの時代の矛盾をはらんだ多次元世界に、**主観的に**関与していた。」「ドストエフスキーの芸術的ヴィジョンの基本カテゴリーは、生成ではなく、**共存と相互作用**だった[*11]」

日本文学との相似

日本もまた、ロシアからほぼ一世紀半遅れて、西欧近代文明に接触し、苦しい「アイデンティティの再定義」を迫られた。そしてロシアのあとを追うように、西欧の文化と自己の伝統文化との相克の中で苦しい作業を進めた。

たとえばロシアからも、日本の現代文明に対して次のような観察が語られてきた。

ロシアには日本に対して二つの、あまり結び付かない見方というものが存在する。一方では、これは古代からの長い歴史と文化を持ち、まことに豊かな伝統があって、エキゾチックなものの愛好者たちはこれについて論ずるのを非常に好んでいる。もう一方で、これは超現代的な国家であり、G8に属し、驚くべき技術力を持ち、未来に向かって突き進んでいる。一方では芸者と茶道、もう一方では人工ロボット犬とミニチュア・コンピュータ。

日本人たち自身もこの矛盾を感じている。[*12]

日本近代文化は西欧を追いかけるロシアを、追いかけた。他者の文化を追い、これと融合しつつ自らも変容し、共鳴した（黒澤明監督の努力を思い出そう）。そして新たな文化を創設する基本的なカテゴリーは「共存」と「相互作用」だった。「イデエを対話的に交錯し合う複数の意識の境界線上に置いた。」（バフチン）このテクスト戦略が「時代の矛盾をはらんだ多次元世界」に生きる日本人を引きつけた。そしてこの多次元社会の表現者たち、ドストエフスキイや大江健三郎、村上春樹たちは伝統と現代の対話的交錯の中から、苦しい模索の中から、世界的な作品を生み出していった。

ロシア・日本・トルコ　文明の対話

二〇〇六年のノーベル賞受賞講演で、トルコの作家オルハン・パムクは次のように語った。

端にいること、枠外にいることへの怒りで傷ついた悩める楽観主義です。ドストエフスキーが一生涯西洋に対して感じた愛と憎の感情を、わたしもたびたび自分の中で感じました。しかし彼から学んだ本当のこと、つまり真の楽観主義の源は、この偉大な作家が西洋との愛憎関係から出発して、それらを超えて築いた全く別の一つの世界でした。[*13]

この身近さの背後に、自分を完全に西欧人とは見ていないが、西欧文明のまぶしさによって目が眩んだ一人の作家が二つの世界の間で感じた、愛憎の関係と精神的な緊張感があるのはいうまでもありません。[*14]

一九二〇年代、三〇年代のケマル・アタチュルクによる西欧化政策の結果、トルコもまた伝統と近代文化との相克の中に置かれた。そこに「ドストエフスキイ」が想起されるのは自然なことだろう。

ハンチントンは『文明の衝突』のなかで、「引き裂かれた国家：文明の再定義の失敗」としてロシア、トルコ、メキシコ、オーストラリアなどを挙げ、「西欧ウイルスと文化の分裂状態」として次のように書いている。

彼らの経験から明らかなのは、固有の文化は強く、弾力性と粘性があり、自己を回復して西欧から入ってくるものに耐え、それを取りこみ、自己に適応させる能力があるということだ。西欧にたいする拒否主義の反応が不可能な一方で、ケマル主義の反応も成功しない。非西欧社会が近代化を目指すなら、西欧のやりかたではなく、独自のやりかたでそれを実現し、日本のように自国の伝統や制度や価値体系を基盤としてそれを利用しなければならない。[*15]

ハンチントンの「失敗」という考え方には賛成できない。もとより彼が断層線（フォルトライン）として文明の交流、対話が不可能である、とする考え方にも賛成できない。むしろバフチンを新しく読みつつ、「異文化の対話」の可能性を本書では具体的に検証してきたのである。「アイデンティティ」についての考え方は、従来のように「単一のもの」とするのではなく、常に変容する「複合的アイデンティティ[*16]」と考えることが必要になるであろう。

バフチンは書いていた。

ドストエフスキーは自分の時代の対話を聞き取る天才的な能力を持っていた、あるいはもっと正確に言えば、自分の時代を巨大な対話として聞き、時代の一つ一つの声を捉えるばかりではなく、まさに声たちの間の**対話的な関係**、その対話的**相互作用**そのものを捉える能力に秀でていた。[*17]

そして村上春樹がこう言っていたことを思い出そう。

僕の目標は『カラマーゾフの兄弟』。ああいうものをいつか書いてみたいと思う。望みが高いんです（笑）。様々な人物が出てきて、それぞれの物語を持ち寄り、それが複合的に絡み合って発熱し、新しい価値が生まれる。読者はそれを同時的に目撃することができる。それが僕の考える「総合小説」です、むずかしいけどね。[*18]

村上春樹の今後の達成を見守っていきたい。ドストエフスキイに続く村上春樹、さらに村上春樹につづく世界の新しい表現者たちを。

ドストエフスキイと日本文化の関係を見ていくうちに、いつしか私の心のなかには日本の近現代の文化に、放射状に光を放つドストエフスキイの姿が見えてきた。最後にそれを図示しておきたい（二四三ページ）。

注

＊1　伊坂幸太郎『グラスホッパー』（角川書店、二〇〇四年、角川文庫、二〇〇七年）三四ページ。
＊2　伊坂幸太郎『マリアビートル』（角川書店、二〇一〇年）一九二ページ。
＊3　舞城王太郎『煙か土か食い物』（講談社、二〇〇一年、講談社文庫、二〇〇四年）一七七ページ。
＊4　ここに「カラマーゾフの血」を読み込むことはできないか。
＊5　井桁貞義『ドストエフスキイ』（清水書院、一九八九年）一〇〇ページ。
＊6　湊かなえ『告白』（双葉社、二〇〇八年、双葉文庫、二〇一〇年）二三九〜二四〇ページ。
＊7　手塚治虫『罪と罰』（東光社、一九五三年）
＊8　手塚治虫『手塚治虫漫画全集10』（講談社、一九七七年）
＊9　大島弓子『ロジオン・ロマーヌイチ・ラスコーリニコフ』（朝日ソノラマ、一九七六年）
＊10　落合尚之『罪と罰』（双葉社、二〇〇七年より刊行）
＊11　M.Бахтин Проблемы поэтики Достоевского.М.:Советский писатеlь,1963.（『ドストエフスキーの詩学』望月哲男、鈴木淳一訳、ちくま学芸文庫、一九九五年、五六〜五七ページ）
＊12　Борис Иванов. Введение в японскую анимацию.M.,2001.C.5. ボリス・イワノフ『日本のアニメーション入門』。この矛盾を解決したのが両者の結合の結果としてのアニメである、と続く。
＊13　オルハン・パムク『父のトランク』（藤原書店、二〇〇七年）三七ページ。
＊14　同書、九〇ページ。
＊15　サミュエル・ハンチントン『文明の衝突』（鈴木主税訳、集英社、一九九八年）二三三ページ。
＊16　R・コンフィアン「クレオール文化の可能性」三浦信孝編『多言語主義とは何か』（藤原書店、一九九七年）一二四ページ。
＊17　前掲『ドストエフスキーの詩学』一八四ページ。
＊18　本書、二二二ページを参照。

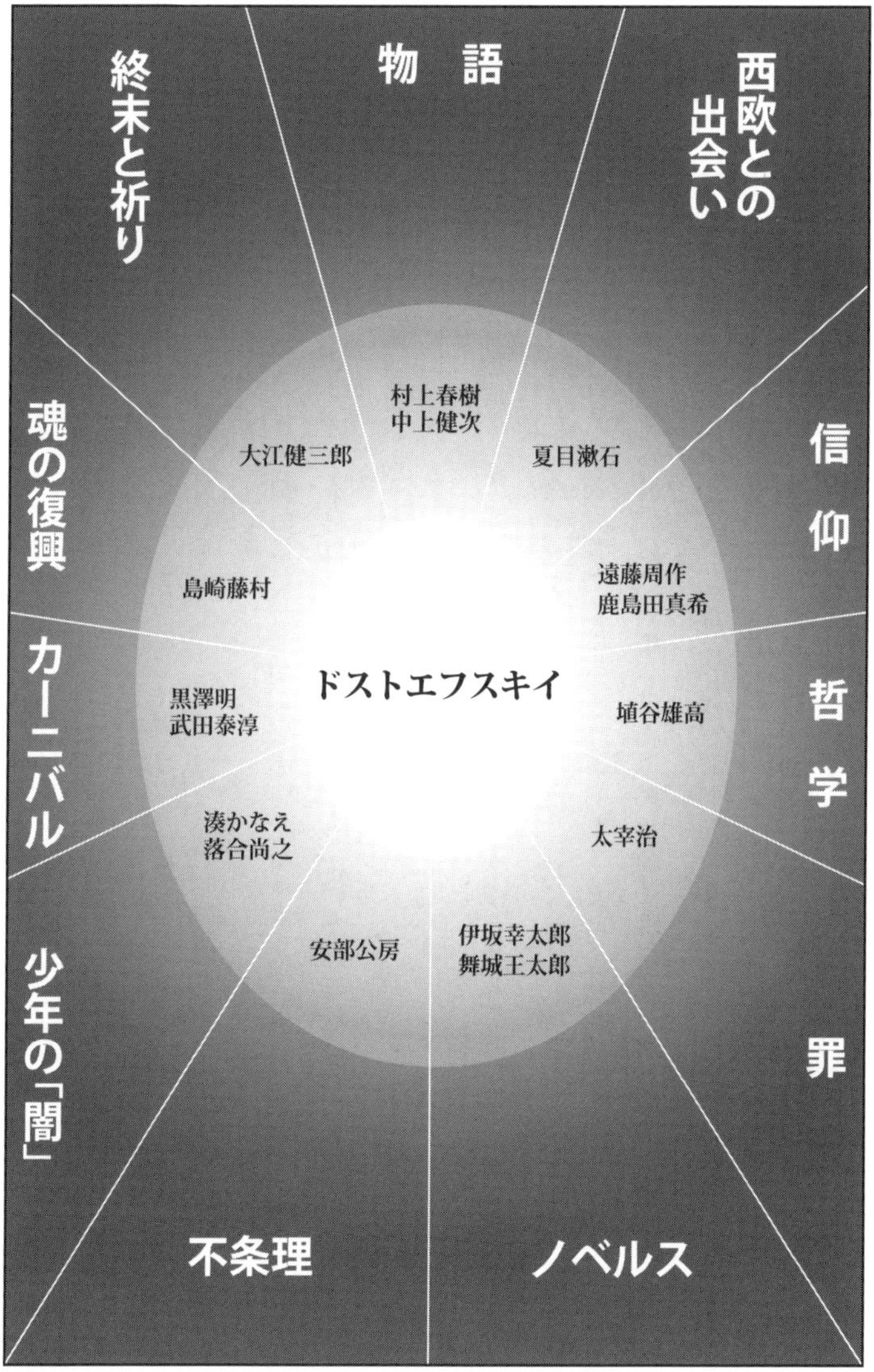
物語
西欧との出会い
信仰
哲学
罪
ノベルス
不条理
少年の「闇」
カーニバル
魂の復興
終末と祈り
村上春樹
中上健次
夏目漱石
遠藤周作
鹿島田真希
埴谷雄高
太宰治
伊坂幸太郎
舞城王太郎
安部公房
湊かなえ
落合尚之
黒澤明
武田泰淳
島崎藤村
大江健三郎
ドストエフスキイ

ドストエフスキイとの関わりを軸とした研究から、不思議な日本文学史が出来た。日本の表現者たちはどのようにドストエフスキイを自分のものにしていったのか。これはあるいは「ジャンル・ドストエフスキイの生成と展開」と言ってもよいかもしれない。（展望としてはまだまだ不完全なものだが。）

大学時代に友人は「やっぱり美人の悲劇的破滅には涙を注ぐね」と言った。現代の学生は「ドストエフスキイは人間の暗い部分を描くのがうまい」と言う。

個々のテーマ、領域に、日本の表現者たちは惹きつけられてきた。本書はそうしたテーマに注目しつつ、同時にそれらを表現する詩学について、非西欧の流動するアイデンティティのただなかで、そのような世界的な意識の危機の中で、なおも開かれた対話を試み続けた主体のあり方ということに、また読者との対話を希求する対話的な姿勢について注目し、それを可能にした装置について、テクストの対話について語ってきた。問題を世界大のものとして捉えたいと願ったのである。そうした中から世界に向けて新たな刺激が持たらされている。

バフチンは「メタ言語学」についてこう言っている。

言葉の生命は一つの口から他の口へ、あるコンテクストから別のコンテクストへ、一つの社会集団から他の社会集団へ、一つの世代から別の世代への移行のなかに現れる。

（著者訳『ドストエフスキーの詩学』邦訳四〇六〜四〇七ページ）

これからも世界の、また日本の表現者たちはドストエフスキイ、および彼との対話を追う者に惹かれながら、新たなアイデンティティを模索しつつ、表現を重ねていくことだろう。

本書を脱稿した直後に、三田誠広氏より『新釈　白痴――書かれざる物語』（作品社、二〇一一年）を賜った。『白痴』創作ノートに遺されたドストエフスキイ自身の構想に基づいて、当初の主題を追究する作品である。この野心的な作品は深く読み込むことが必要な大著であるため、本書の叙述に加えることは残念ながら諦めざるを得なかった。

作品は作品を生む。テクストは対話する。対話を読み込むことで、テクストの魅力はさらに大きくなっていく。

本書は現在へ、そして未来へと開かれているのだ。

本書の構想の段階から教育評論社の小山香里氏にはたいへんお世話様になった。データの確認もお願いすることになった。この場を借りて心より感謝申し上げたい。

【参考文献　ドストエフスキイと日本文学関連の主なもの】

青野季吉「ドストエフスキーと日本文学」（「書評」一九四九年六月）
新谷敬三郎『ドストエフスキイと日本文学』（海燕書房、一九七六年）
新谷敬三郎、柳富子、井桁貞義『ドストエフスキイ翻訳年表（独仏英米日）』（「比較文学年誌」二十四号別冊、一九八八年）
大谷深「ドストイェフスキーと日本文学」（「國文学」一九六一年七月）
桶谷秀昭「日本のドストエフスキイ」（「初原」一、二号、一九七〇、七一年）
小田切秀雄「日本近代文学においてのドストエーフスキイ」（『日本近代文学の思想と状況』法政大学出版局、一九七一年）
木下豊房『近代日本文学とドストエフスキー』（成文社、一九九三年）
木下豊房「椎名麟三とドストエフスキー」（「ドストエーフスキイ広場」十二号、二〇〇三年）
久保忠夫「朔太郎とドストエフスキー」（「比較文学」一号、一九五八年）
桜井厚二『現代用語としての「ドストエフスキー」』（東洋書店、二〇〇〇年）
清水孝純「日本におけるドストエフスキー」（「比較文学研究」二十二号、一九七二年）
清水孝純「日本におけるドストエフスキー――大正初期に見る紹介・批評の状祝」（『ロシア・西欧・日本』朝日出版社、一九七六年）
柘植光彦「武田泰淳とドストエフスキー」（「国文学解釈と鑑賞」一九七二年七月）
本間暁「ドストエフスキイ研究年表」（井桁・本間編『ドストエフスキイ文献集成』第二十二巻、大空社、一九九六年）
松本健一『ドストエフスキイと日本人』（レグルス文庫、第三文明社、二〇〇八年）
柳富子『トルストイと日本』（早稲田大学出版部、一九九八年）
吉田精一「ドストエフスキーと日本文学」（『ドストエフスキー全集』別巻、筑摩書房、一九六四年）

索　　　引

《人名》＊ドストエフスキイと村上春樹は除く。

《書名・雑誌名》

《事項》

■初出一覧

第一章　「國文学」二〇〇八年六月臨時増刊号
第二章　井桁貞義『ドストエフスキイ・言葉の生命』（群像社、二〇〇三年）
第三章　二〇〇八年八月梅光学院大学での講演「ドストエフスキイと戦後日本文学」をもとにしている。
第四章　岩本憲児編『黒澤明をめぐる12人の狂詩曲』（早稲田大学出版部、二〇〇四年）
第五章　「ユリイカ」二〇〇七年十一月号所収論文に大幅加筆。
第六章　書き下ろし
第七章　井桁貞義『ドストエフスキイ・言葉の生命』、および『1Q84スタディーズBOOK1』（若草書房、二〇〇九年）
終　章　書き下ろし

〈著者略歴〉

井桁　貞義（いげた・さだよし）

1948年、神奈川県生まれ。早稲田大学文学部ロシア文学科、同大学院博士課程修了。早稲田大学文学学術院教授。日本ロシア文学会元会長。専門はロシア文学、比較文学、異文化コミュニケーション論。

著書に『ドストエフスキイ』（清水書院）、『ドストエフスキイ・言葉の生命』（群像社）、訳書に『やさしい女・白夜』（ドストエフスキー、講談社）、『ハルムスの小さな船』（長崎出版）、編著に『コンサイス露和辞典』(三省堂)など多数。

NHKテレビ「ロシア語会話」、NHKラジオ「ロシア語講座」の講師を務めた。第三回国際ドストエフスキイ・シンポジウムで初めて日本でのドストエフスキイの読まれ方を紹介。

また、ロシア語論文が本国の論集に再収録され、ポーランド語に訳されるなど、国際的にも評価される。

ドストエフスキイと日本文化
——漱石・春樹、そして伊坂幸太郎まで

二〇一一年三月二十六日　第一版第一刷発行

著者　井桁貞義
発行者　阿部黄瀬
発行所　株式会社　教育評論社
〒一〇三－〇〇〇一
東京都中央区日本橋小伝馬町2－5　F・Kビル
TEL〇三－三六六四－五八五一
FAX〇三－三六六四－五八一六
http://www.kyohyo.co.jp

印刷製本　萩原印刷株式会社

定価はカバーに表示してあります。

落丁本・乱丁本はお取り替え致します。

ISBN 978-4-905706-58-8